NEW MOBILE REPORT GUNDAM W Frozen Teardrop

新機動戰記鋼彈W

冰 結 的 淚 滴

3 連鎖的鎮魂曲（上）

隅沢克之

封面 あさぎ桜・KATOKI HAJIME　原案 矢立肇・富野由悠季

登 場 人 物

Character

希洛・唯

維持著少年模樣，從名為「睡美人」的人工冬眠用冷凍艙中甦醒。

麥斯威爾神父

迪歐・麥斯威爾。全身穿著黑色神父服，給人神祕兮兮感覺的中年男人。

迪歐・麥斯威爾

麥斯威爾神父的兒子，有點傲氣的辮子少年。鋼彈駕駛員。

T博士

特洛瓦・巴頓。有著具特色的長瀏海，是個不太表露情緒的學者型男子。

特洛瓦・弗伯斯

在遭到軍方及恐怖分子追殺時，受到T博士收留而成了鋼彈駕駛員。

W教授

卡特爾・拉巴伯・溫拿。有著一對綠眼，外表看起來仍像個青年似的銀髮紳士。

卡特莉奴・伍德・溫拿

W教授年紀相差懸殊的妹妹。擅長拉小提琴，操縱機體時就像是在演奏音樂般。

張老師

張五飛。擔任地球圈統一國家祕密情報部「預防者」的火星分局長，同時也是凱西的長官。

人工冬眠用冷凍艙

Cold Sleep Capsule

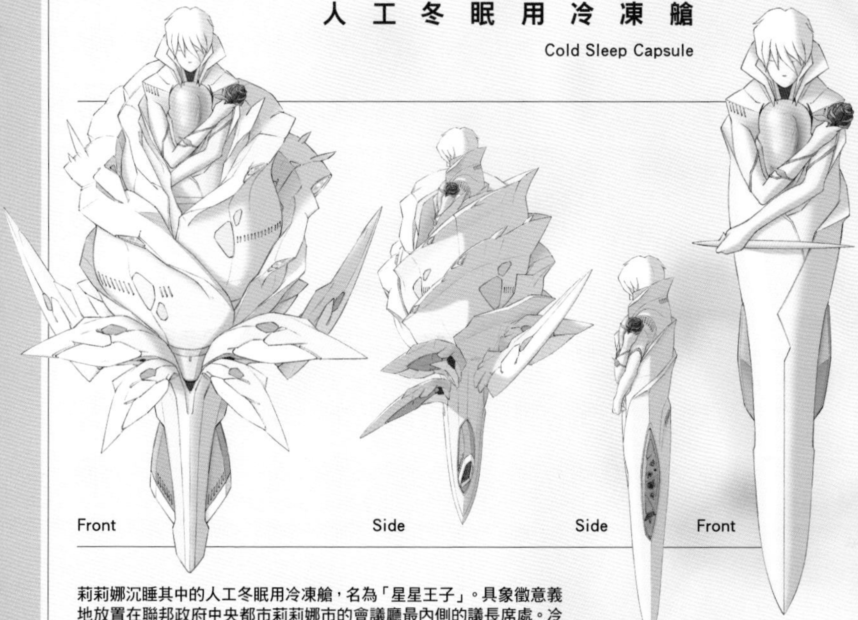

莉莉娜沉睡其中的人工冬眠用冷凍艙，名為「星星王子」。具象徵意義地放置在聯邦政府中央都市莉莉娜市的會議廳最內側的議長席處。冷凍艙就收納在玫瑰花的中央位置。

作畫 石垣純哉

前情提要

Summary

為了讓希洛・唯從人工冬眠中甦醒，凱西・鮑准校前往預防者火星分局北極冠基地與張老師會面。麥斯威爾神父及迪歐・麥斯威爾也在現場。他們下載了甦醒時所需要的AC時代紀錄，順利將希洛從長眠中喚醒。然而等待著希洛的，卻是要殺死莉莉娜的任務。這時候，T博士傳來消息，卡特莉奴竟帶著「普羅米修斯」出奔了。據說卡特莉奴是要去莉莉娜的所在處。因為原本莉莉娜也跟希洛一樣沉睡在冷凍艙中，但卻不知為何而甦醒了——

新機動戰記鋼彈W 冰結的淚滴

NEW MOBILE REPORT GUNDAM W Frozen Teardrop

隅沢克之

3 連鎖的鎮魂曲（上）

Kadokawa Fantastic Novels

封面插畫／あさぎ桜、KATOKI HAJIME
插畫／あさぎ桜、KATOKI HAJIME、MORUGA
日版裝訂／KATOKI HAJIME

連鎖的鎮魂曲

MC檔案1

「從前從前，某個地方有一位有兩個名字的人。

這個人是和平國家的長子，但在國家遭逢滅亡後，為了報仇而戴上面具，隱姓埋名，成了某支軍隊的傳說英雄。

這個人誓言要整肅愚蠢的人類。

是什麼原因讓他決定要這麼做呢？

是基於完全和平主義嗎？

還是身為英雄的本能呢？

或許這個人是討厭和平的。

或許他非常厭惡繼承了父親和平遺志的妹妹。

但他內心真正的想法，無人知曉……」

AC195-Dorothy

MC-0022 NEXT WINTER

我沒有名字。

也沒有過去。

我只是消耗品，用完即丟。

我的少年時代，過程就像是塊爛抹布一般。

自我懂事時開始，就在一片荒蕪的火星大地生活，接受的都是恐怖分子會做的事情。

雖然我並不會因為沒有名字而感到多不方便，但身邊的人似乎覺得很麻煩，而給了我「無名氏」的稱呼。

「歷史」原本是不存在的。

就跟我沒有名字一樣。

「歷史」的概念，是歷史學者與歷史研究人員在調查並分析了過去的資料，以某種形式說明其研究紀錄後，「歷史」才開始「存在」。

我們只是放任自己在宇宙中流動的「時間」中飄流而已。要把當下的狀況視作歷史，根本是不可能的事。

追根究柢而言，所謂「歷史」，到底是指「人類的歷史」還是「地球的歷史」？或是「太陽系的歷史」抑或「宇宙的歷史」？是採用誰的歷史觀？又是誰說這部分要是不確定的話，就失去了原本的意義？

在談論該是人類共有財產的「歷史」時，既然自身不是以超越的視點——諸如不是以「神」的身分，而是以歷史學者或是歷史研究人員等的人類身分，那麼會放入個人的主觀看法也就是無可厚非的事。

所以我不相信稱作「歷史」的過去。

不，只是無法從「過去」中發現價值。

或許極端地說，「無所謂」的說法還更能正確表達我的感覺。

而如果所有人類都跟我一樣，認為「過去」沒有價值的話，那麼「歷史」就不是共有財產，「時間」也就成了可拋棄的消耗品。

火星聯邦政府向地球圈統一國家宣布「火星國家獨立」，是距今五年前（MC-0017）的事了。

這顆行星的公轉週期相當於地球的兩年，因此以地球圈的時間而言，就是十年前左右。

火星聯邦政府的代表人是第一任總統米利亞爾特·匹斯克拉福特。

由當地居民以民主方式選出的他，不斷和地球圈統一國家交涉。他避過了開發火星的營利企業集團策劃的妨礙計謀，也未提出獨立戰爭這般激烈的手段，一滴血也未流就贏得了火星政府的「自治權」。

在他的獨立宣言中，自行將居住在火星的人類稱作火星人（Martian）。

而他更在這時的宣言回溯人類踏出了第一步，將能夠在火星的大地上生活的當初稱作「火星曆」（MC）元年。

火星的實際生活採用過去作為殖民地標準時間的地球圈AC曆換算法，將會發生問題，不論是一年的長度（六百八十七天）或是一天的長度（二十四小時三十七分鐘）都有必要依據火星而修改。

地球圈與火星的歷史便從這時候開始分道揚鑣。

但是火星的治安也就從這時期惡化。

階級社會引起的不滿面臨爆發。

僅僅數年，各地便發生了紛爭。

其肇始於開發企業彼此的併吞行為。

反地球圈國家派與親地球圈國家派互相嚴重對立，而統治的聯邦政府首腦則表現中立，未傾向任何一邊，並把鎮壓紛爭及維持治安的工作從警察機關手中交給了軍事組織。

緊接著則是一連串隨著宗教、人種差異而來的民族仇恨。

就這樣，被害者展開報復行動，然後再引來另一波的報復，當下局勢就像不知何時才會停歇的舞會般，演變成日日夜夜不斷的互相報復。

可見火星所建立的和平維護體系，並不若地球圈那般完善。

使得火星民眾開始產生了既然如此，那還不如不要獨立比較好之類的想法。

經過了一年多的時光——

當然，是指火星曆的時間。

MC-0021 FIRST WINTER

位於火星赤道附近，埃律西昂島上的聯邦政府中央都市莉莉娜市內，正在舉辦大規模的高峰會議。

許多地球圈的要人均受到邀請。

蕾蒂・安總統助理及希爾維亞・諾邊塔也列席其中。

會議室最內側的議長席處，象徵性地設置了名為「星星王子」的冷凍冬眠艙。

纏繞著冷凍艙的荊棘前端有一朵紅色玫瑰，雖然不是真的，卻仍然相當美麗。

冷凍艙內睡著永遠的美少女。

也就是火星改造計畫的功臣：莉莉娜・德利安。

據說她從地球搭機飛向火星時，因為遭遇到不幸事故，而一直沉睡在這具冷凍冬眠艙中，但事件詳情從未公開過。

火星聯邦政府的第一任總統米利亞爾特正站在冷凍艙的前面，對著政府高層及各國要人演講。

內容盡是和平云云，歷史云云的美麗辭藻。

我正喬裝成保安警衛，背對著如是演講的米利亞爾特總統，站在最前排。

就在演講的中途，我接到了指令。

會議室許多地方突然紛紛發生爆炸。

跟原定計畫一樣。

那是同伴設置的定時機關。

我的工作是引導米利亞爾特總統及其身邊隨扈離開混亂的會議室，前往安全的地點，但這只是表面上而已。

我大聲叫道：

「請往這邊！」

同時拿出手槍，瞄準目標，扣下扳機。

滅音器傳出了沉悶的機械響聲，子彈穿進年老的米利亞爾特總統那布滿皺紋的眉間。

這瞬間，其他地方又發生了爆炸。

這也如同原定計畫。

我趁著現場混亂而逃到會議室的外面。

同時馬上脫下警衛服裝，戴緊心愛的針織帽。

這頂帽子到處都脫了線，因此常被同伴揶揄是把抹布戴到頭上。

殺死米利亞爾特・匹斯克拉福特的人，自然是我。

從小接受恐怖行動教育的我，學到的只有破壞權力而已。

但我對政治毫無興趣。

一切只是上層叫我「做」，我就動手「做」。

想必還有操縱這些上層分子的藏鏡人躲在某處。

不管是地球圈統一國家的激進派、既得利益遭搶去的火星開發企業集團，還是祕密組織預防者，總之眾說紛紜。但終究跟我這個如同蜥蜴尾巴的人沒有關係。

我穿過了小規模密集搭有帳棚式屋頂住所的鬧區巷子。

拚命奔跑。

但是軍方的警備隊擋住了我的去路。

並且，原本是我同伴的恐怖分子也在找我。

背叛和消滅證據是我們這種團體常見的手法。

我只能逃。

除了逃，沒有其他方法。

也許這次是輪到我被殺了。

原本預定的逃亡路線已經不可靠。

我以攀岩的方式攀上牆壁，逃進某一住家的通風口內。

恐怖分子有躲在地底下的習性，於是我反其道而藏身在天花板內，因此僥倖躲過了警備隊和前同伴的追蹤。

我忍耐飢餓及口渴，勉強撐過了幾天。

但是我能逃的地方變得越來越少。

距離事情發生應該已經有一個星期了吧。

後來，我的蹤跡被與這場騷動無關的人看到。

他們通知了警備隊。

雖然在他們通報前，我是可以痛下殺手。我卻陷入迷惘的情緒中——難道自己要為了逃生而再度殺人嗎？

對我來說，這個宇宙空間並沒有生活的價值。

但就算如此，我的天性也告訴自己不想被人殺死。

我心想必要時，乾脆就用這把手槍朝自己的腦門開一槍吧。

「…………」

我看著時鐘。

這時候，差不多可以看到那驚恐逃開太陽的衛星弗伯斯（註：Phobos。弗伯斯即火星的衛星：火衛1）劃過天際的景象了。

我常常把自己對比神話中的弗伯斯。

我覺得這個在希臘神話中有著「驚恐」含意的名字，就像在形容現在的我。

火星的月亮也被稱為弗伯斯，與一般來說採順時針方向繞行的星星相反，以逆時針的方向移動。是顆從西邊升起，沉於東邊的衛星。

這是因為衛星本身以快於火星自轉速度繞行而產生的現象。

而且其速度相對來說也很快，一天會出現二到三次，可以看到這顆衛星從緩緩移動的太陽對向穿越天空。

並且，其未來是毀滅和絕望。再過不到五千年的時間，弗伯斯就會撞進火星的大氣層，化為粉碎，成為火星環。

我甚至覺得，這衛星就像是一心不斷忤逆時代趨勢的愚夫。

「怪胎不是只有我而已。」

我喜歡觀看那扭曲子彈的漆黑月亮橫越純白太陽……不，是刺穿太陽的景象。

「要死，等看過那景色再死也不遲啊……」

於是我從帳篷式屋頂住所的閣樓爬了出來。

我站在鋪設太陽能面板的屋頂上，瞭望火星的壯闊景觀。

夾雜塵土的狂風正猛烈吹動著。

天空罩著厚厚的雲層，不論太陽還是弗伯斯都無法看到。

「Frozen Teardrop」——也看不到那顆又名冰結淚滴的第二衛星戴摩斯。

事情未能順心如意。

就連自己也忍不住笑了出來。

「呵……就這樣了吧。」

靜靜說完這句後，我將槍口朝向自己的太陽穴。

沒有流下眼淚。

當然。

我的淚腺早就凍結了。

這時候，背後傳來悲傷的小提琴樂聲。

我驚訝地轉過頭去。

「……？」

背後正站著一名有著長瀏海，雙手抱胸的修長男子。

是個差不多四十歲，身形削瘦，有著學者氣息的男子。

並且還有個跟我差不多年紀的少年坐在男子的腳邊，拉著小提琴。

不，從穿著裙子來看，應該是名少女吧。

她頭上戴著護目鏡。

她拉的是林姆斯基．高沙可夫的「天方夜譚」。

這兩人並沒有畏懼我手上的手槍，只是靜靜地待在一旁。

我將槍口對準男子的眉間。

男子直直盯著對準眉間的槍口，緩緩舉起雙手。

是想表達沒有要攻擊的意思吧——但他的動作毫無破綻，眼神則滿是殺意。

少女不再演奏小提琴，拿下了護目鏡。

她在護目鏡底下還戴著一副眼鏡。

她是要保護自己碧綠的大眼睛不受火星沙塵傷害嗎？還真是用心呢。

我正想開口問這兩人是誰的時候，男子卻搶先一步說話。

「我雖然也沒有名字，但要我報名的話，就叫我T……T博士吧。」

「也」？這名自稱T博士的男子知道我沒有名字。

少女將小提琴夾在手邊，嘻嘻笑了一聲：

「沒有名字，不覺得不方便嗎？」

「這位小姐叫作卡特莉奴・伍德・溫拿……是溫拿家的女兒。」

博士語氣冷靜地說。

「但是你最好小心一點，我們兩人並不如外表所見的那樣和善。」

我心想：你們的外表到底哪裡有這種感覺了？

我舉著手槍，佯裝冷靜。

「你們又知道我什麼？」

這就是我遇見博士他們時說的第一句。

「你是我。」

博士放下雙手，冷冷地張開薄唇：

「我什麼都知道。」

他那銳利的視線就像箭一般，刺進了我的心中。

「你不會對不是敵方的人露出殺意……你是個老實的人。」

即便我已經舉起手槍，卻無法做出扣下扳機之類的動作。

博士像是看穿了我這樣的心理。

「你知道我殺了誰嗎？」

「米利亞爾特・匹斯克拉福特已經在AC195年的地球圈最後戰役『EVE WARS』戰死。你殺的只是個亡魂罷了。」

「那麼久以前的事——」

我可沒有單純到會輕易相信那種像寫在教科書上的故事，我並不執著於過去。

況且我根本沒上過學校，沒有接受過那般正常的教育。

我是在沒有愛的環境下長大。

「那麼，我們來談以後的事吧。」

卡特莉奴露出冷淡的微笑。

「你有三條路可以走。」

她慢慢站起身，拍了拍裙子上的塵土，平淡地說：

「第一條路，是當場自殺……」

我覺得不能對她手上的樂器大意。

「第二條路，是走出去給人殺死。」

我擺出架勢，把槍口指向開口講話的卡特莉奴，打斷她的話。

「我不認為還有其他路了……」

就在這時，我突然察覺到博士露出溫和的眼神。

我的腦海中頓時閃過父親還有母親之類，我不懂的名詞。

「你需要有個歸所。」

我從未見過這般溫和的眼神。

「跟我們一起走，能不能當作你的第三條路呢？」

這確實動搖了我的心情。

但是罩在我破抹布般的針織帽底下的內心，仍然是又冷又暗，充滿疑心。

「你們是怎麼知道這裡的？」

一陣冷冽凍人的紅風吹過身邊。

「都靠小姐……她有敏銳的直覺。」

「看不到弗伯斯還真是可惜呢，無名氏……我也想看看太陽被刺穿的景色。」

「…………」

我決定放棄了。

既然被完全看穿，表示我已經無路可逃。

從這兩人身上嗅到的獨特氣息，可以判斷他們並不屬於我之前所待的恐怖組織，也不是和政府方面有關的人員。

我心想既然有「第三條路」，就請他們告訴我吧。

我心中依稀想到，這在法語的說法，好像叫作：「Troisième chemin」吧。

我很明白，在自己想著這些無謂事情的時候，就已經完全輸了。

「…………」

我不發一語，伸手將手槍交給卡特莉奴。

她露出溫和的笑容收下手槍，並將自己帶的小提琴交到我手上。

「就請你多多指教了，無名氏。」

這把小提琴是把純正的樂器。

原本以為其中藏有某種武器，看來只是自己多心而已。

「嗯……麻煩你們了。」

我就像是剛才的T博士那樣，拿著小提琴舉起雙手。

要選擇活下去，就必須將成為俘虜納入考慮。

「請別這樣，我們已經是同伴了。」

卡特莉奴眼鏡底下的眼睛露出誠摯的神情，語氣堅定地如此告訴我。

過了一陣子之後，我才聽說這位T博士過去也稱自己為「無名氏」。

原來如此。這讓我覺得，或許自己真的就是那位T博士。

我坐上小型的氣墊艇，離開埃律西昂島。

從烏托邦海穿越阿西達里亞海，直直南下。

行程中，兩手空無一物的我，拉起了交到自己手上的小提琴。

拉的是我小時候聽過，還在心中留下模糊記憶的曲子。

卡特莉奴聽到後，走到我身邊問：

「這是什麼曲子？」

我不知道。

「是無盡的華爾滋……『Endless Waltz』。」

T博士靜靜地說：

「總有一天，我會把這首圓舞曲作為鎮魂曲……」

我被帶到的地方令人吃驚，那是座馬戲團的帳篷屋。

地點就位在克里斯海上的孤島，我不覺得會有觀眾來到如此偏僻的地方。

是要我在這地方工作嗎？

我這塊破抹布辦得到嗎？

在用帳篷架起的屋子內，放有獅子及大象的獸籠，而空中鞦韆及走鋼索用的索繩則是亂糟糟地從屋頂處垂掛著。

我穿過了中間的舞台，走進背後的後舞台。

後舞台是間狹小的辦公室。

在此處迎接我們的，是位與卡特莉奴有同樣眼神的銀髮紳士。

我猜想這名男子應該就是溫拿家的主人。

「嗨，挺快的呢。」

他有著像是青年一般的爽快氣息。

「很好玩呢，哥哥如果也去就好了。」

「沒辦法，我不習慣火星的空氣。」

是對年紀相差懸殊的兄妹。

「而且『白雪公主（Snow White）』跟『魔法師（Warlock）』也很費工夫……」

說話的模樣則像個少年。要說這兩人是父女也說得通吧。

「你就是無名氏嗎？」

銀髮男子遞出一杯咖啡說。

「我是Double……W教授。」

那就是溫拿的「W」吧？

「博士，你的『T』是什麼的簡寫？」

我喝了一口咖啡後問。

T博士沒有回答。

除非必要不會開口，看來是這男子的特色。

「是特洛瓦的簡寫。」

W教授以溫和的表情代為回答。

但是T博士否定了這說法。

「不，不是特洛瓦的T，是察東的T（註：Triton。希臘海神，也是海王星一號衛星的名字，同樣帶有3的含意）……」。

這兩種名字不都是數字「3」嗎？但對我而言都是無關緊要的事。

「那麼，要我選的第三條路究竟是什麼？」

「就是這件事……」

W教授打開全像投影幕後說：

「事情發展超出了我們的想像……請先看這個。」

畫面中映出的是米利亞爾特．匹斯克拉福特的葬禮現場。

其家人正在棺木前啜泣。

「諾茵也真是辛苦啊……」

W教授看著畫面感嘆道。

畫面上出現的人，是穿著喪服的遺孀露克蕾琪亞，以及她與米利亞爾特生下的雙胞胎姊弟娜伊娜和米爾。

這對姊弟的年紀差不多都比我大個幾歲吧。我心中略微產生了罪惡感。

「但是你不用在意。」

W教授伸手碰向全像投影幕。

「……你仔細看。」

鏡頭拉近後，畫面看得更加清楚了。

不管是露克蕾琪亞太太還是叫作娜伊娜、米爾的兩姊弟都沒有哭。

全都只是拿著手帕靠在眼睛上而已。

「看到這個畫面，可以判斷對方早就預想到會被殺了吧。」

T博士獨自靠著牆壁，遠遠站在一旁冷冷地說。

「問題在於站在這家人後面的男子……」

W教授暫停了影像，並放大某位男子的畫面。

他是一名身穿黑色西裝，臉戴黑色墨鏡，留著一頭長金髮，散發出獨特氣息的年輕男子。

說是政治家，倒不如說是保鑣或隨扈之類的比較像……不，是軍人才對。

「請你仔細記住他的臉……這男子任職於直屬總統的特務機關。」

靠著牆壁的T博士低喃自語道：

「——馬吉斯啊……」

聽不清楚在說什麼，但應該是人名。

「因為你暗殺了火星聯邦的總統米利亞爾特．匹斯克拉福特，讓政府的革新派和保守派雙方勢力變得勢均力敵……」

「勢均力敵？」

「是的。原本在下任總統人選確定前，革新派會大舉占有優勢。」

「那狀況為什麼會變成勢均力敵？」

卡特莉奴擦拭著眼鏡問。

「幾乎所有革新派的主要成員都逃亡在外……逃到了代表人，也就是他的拉納格林共和國內。」

W教授轉換了全像投影幕的畫面，大大地映照出方才那位留著長金髮的年輕男子影像。

這次影像中的他沒有戴墨鏡，露出端正的面孔，穿的是深綠色軍服。

「這是三天前的畫面……影像是今天播放的。」

『我是傑克斯・馬吉斯上級特校。我拉納格林共和國宣布脫離火星聯邦獨立，同時要向火星聯邦正式宣戰。』

接下來的話就是這類宣言的常套，也就是「打破地球圈的支配」及「整肅特權階級」，還有「民眾要團結一致」等。

「果然是傑克斯啊。」

這次T博士講得很清楚。

「你的第三條路，原本是繼承我們的意志，代替那些不能作戰的人出戰。」

「就類似奉獻自己去預防戰火擴大的工作。」

卡特莉奴可愛地眨了一下眼睛。

原來如此，工作果然是當小丑啊——我這麼想。

「但是戰爭已經開始了。」

我接著表明自己的立場。

「我是恐怖分子，不適合去打仗。」

「我會訓練你……讓你成為駕駛員。」

博士說完之後就轉身不再看我。

「跟我走……讓你看看你的機體。」

「？」

我跟在他的後面，坐進通往地下機庫的電梯。

自從在木星的第二顆衛星歐羅巴之海發現到耐旱的藻類之後，火星的行星改造計畫便有飛躍性進展。

在超過地球圈時間兩百年之前，火星就因為氯氟碳化合物的人造大氣產生的溫室效應而逐漸暖化，但二氧化碳還很多，未達到生物可以呼吸的狀態。

而些微的暖化即便使極冠的冰層融化，化成的水也都馬上被土地吸收殆盡。才剛形成的海。就在冬季期間還原成沙漠。

ＡＣ時代的太空開發研究人員拉納．格林，是第一個計劃將「歐羅巴藻」運用在火星的人。

當時，「歐羅巴藻」雖然是科學上的一大發現，但別說在實際生活中沒有什麼用處了，甚至還是個會危害地球環境的麻煩東西。

生長在比厚厚冰層更深處的深海中的「歐羅巴藻」，一旦受到太陽光照射，其中俗稱「木星苔」的浮游生物就會以驚人的速度繁殖。

讓這種「木星苔」在火星上繁殖之後，暖化及綠化的速度就此突飛猛進。

有鑑於此，原本據說要花上數百年時間的行星改造計畫，預計數十年可達成。

即便如此，計畫也未能執行。原因就在於AC時代初期的知識分子，抱有「可能會造成行星規模的環境破壞後果」的顧慮。

但是有一天發生了事故。

從地球圈運去的其中一顆資源衛星脫離預定軌道，還不幸地墜落到火星上。

這顆資源衛星原本是要叫作「MO-Ⅶ」。

其墜落的地點，是位在火星南半球的阿爾吉爾平原。

這平原跟同樣位在南半球的希臘平原一樣，是太古時期受到隕石衝撞而形成。

其上再受到資源衛星撞擊之下，形成了雙重結構的巨大隕石坑。

問題在於，這顆資源衛星的內部冰層中似乎混入了「歐羅巴藻」。

在冰層融解後，藻受到太陽光的照射。

於是「木星苔」便瞬間大量繁殖。

中間一段時間，沒有人知道火星上發生了這樣的事情。

為了行星改造計畫而居住在火星的人，也沒有察覺到巨蛋設施外產生的緩慢環境變化。

外面依然是沙塵暴狂吹，紅色大地及天空風景也一如往常。

木星苔一路繁衍至火星的地下水脈，直到年平均氣溫上升時才被發覺到變化。

之後僅僅過了數年時間，火星上一半的沙漠就充滿了海水。

阿爾吉爾上的雙重隕石坑也充滿湛藍海水，形成了巨大湖泊……不，是巨大海洋。

氧氣濃度瞬間增高，氣壓也變得和地球上的沒有兩樣。

後來的人基於「木星苔」是在阿爾吉爾的雙重隕石坑中開始滋生，便把化成海洋的該地稱作「拉納格林海」，並在其中創立巨大的人工海上國家——「拉納格林共和國」就此誕生。

電梯停到了最底層。

那裡有著廣大的機庫及工廠。

門一打開，站在眼前的是雖然只有組裝架，但明顯是巨大人型的機體。

現場總共有兩架還在製造的機體。

「這是MS（Mars Suit）嗎？」

「不，是MS（Mobile Suit）……」

我心想既然簡寫一樣，那要怎麼稱呼應該都無所謂吧。

火星改造工程用二足步行及人工手臂式MTF（Mars Tera Formaer，火星土改設備），從行星改造計畫的時代就運用至今。

將這種MTF改造為戰鬥用，取作「Mars Suit」轉給軍方使用的人，就是我暗殺的米利亞爾特總統。

我不否定為了鎮壓各地發生的粉爭，必須保有絕對優勢的軍事力。

並且，顧及帶有火星磁力的沙塵暴現象，會有駕駛員實際坐在其中，操縱巨大人型兵器的運用方式出現也是理所當然的事。

但是既然有這種ＭＳ兵器，那麼民眾就不會有和平到來的一天。

「Mobile Suit？」

我複誦了一次這個第一次聽到的名詞。

「從前是這麼稱呼這種兵器的……」

「這是地球圈的講法嗎？」

「嗯，算是吧……」

我察覺到Ｔ博士的眼神出現一抹憂愁。

所謂的Mobile Suit——

據說全名是「Manipulative Order Build and Industrial Labors Extended Suit」，「Mobile Suit」是取其字首字母而成。

其意思是：「建設及工程用人工手臂式擴充型太空衣」，但意思是：「火星用太空衣」的「Mars Suit」不是更加直覺嗎？

T博士嘆了口氣，說出這兩架機體的名字。

「這邊的是『普羅米修斯』，那邊的是「舍赫拉查德」（註：「舍赫拉查德」與之前卡特莉奴演奏的曲子「天方夜譚」同名）。」

一邊是帶給人類火焰，因而遭到眾神降罪，被烙上背叛者烙印的巨人神。

一邊則是為了平息不斷殘殺無辜的國王內心，而每晚講著故事的美麗公主。

希臘神話及天方夜譚。

雙方沒有什麼共通處。

卡特莉奴用小提琴演奏「天方夜譚」，是為了表現自己的機體嗎？

話說回來，這名字取得還真是怪。

「取這樣的名字是你的興趣嗎？」

「是設計圖上的名字……這不合我的喜好，但沒有名字也不方便。」

我還以為是特意要譏諷我。

「哪一架是我要駕駛的機體？」

「還沒決定。」

「那位小姐應該是想要駕駛舍赫拉查德吧？」

「是嗎……也許她是這麼想，但W教授那傢伙應該會反對。」

「那兩人真的是兄妹嗎？」

「從現在起，要問就問自己……你應該不是自己想像的那麼無知。」

「…………」

猜想到的可能方向，頂多只有兩兄妹的父親把遺傳基因藏到了某處。妹妹是數十年後才藉由試管方式出生而已。

不然就是在開玩笑，要調侃我而已吧？

不管是哪個，我完全看不出這樣做有何好處。

而且，最後我發現這跟我一點關係也沒有。

是沒有意義的問題。

浪費時間。

「這孩子就是你選的繼承人嗎？」

頭上傳來女性的聲音。

抬頭一看，在ＭＳ基本骨架的最上方，有個穿著像是韻律服的馬戲團首席表演者服裝，打扮美麗的女子正露出迷人的微笑。

才看到她捲捲的長髮輕柔的飄逸起來，她就已經飛躍至半空。接著在靠近天花板的鐵管做出特技迴轉動作，並在跳向空中時，轉體八圈半之後，落到我們頭上的一條細細的配線上。

真是驚人的身體能力跟平衡感。

「請多指教了，小朋友。」

結實的肌肉、完美的體態、絕世的美貌、優雅的舉止。

毫無可見縫插針之處。

她的美麗令我看傻了眼，當下說不出半句話來。

「…………」

這時我突然被打倒在地。

她不知何時跳了下來，並握著拳頭站在我面前。

「要好好打招呼！」

一瞬間還不知道發生了什麼事，我就摔了個四腳朝天。腫起來的臉頰則是傳來疼痛感。

「手下留情啊，姊姊。」

「小孩子跟動物要從小就好好教育！不然會變成像你一樣的頹廢孩子呀。」

「無名氏……他是負責訓練你的凱瑟琳．布倫。」

「是小姐！凱瑟琳小姐！」

T博士雖然喚她姊姊，但年紀看起來不像。應該是四十多歲……不，就算說她才三十出頭也不為過。

而且她好像很擅長打架，被那樣重重地打了一下，嘴巴居然沒有破皮跟流血。

不過，還真是異常沉重的一拳啊。

我搖搖晃晃地站了起來。

她的身高比我還高。

「麻煩你了，凱瑟琳阿姨。」

這句話說出口的時候，凱瑟琳的拳頭又往我臉上招呼。

「凱瑟琳小姐！或者是凱瑟琳姊姊也可以！下次再叫我阿姨就饒不了你！」

我被完全擊倒。

現在就已經是毫不留情了。

我自幼不知被多少人打過幾次，但回想起來，從來也沒被女人打過。

在意識逐漸模糊時，我聽到凱瑟琳與博士的談話內容。

「等級？」

「『睡美人』。」

「期間？」

「再七百五十天才能完成ＭＳ……要在這之前處理好。」

「這麼短的時間內要達到『Ｓ級的３Ａ等級』……這孩子會死吧。」

「他不會死。」

「ＯＫ，那就出發吧。」

我原本就直覺這裡不會是訓練地點。

「太空船放在上層的機庫內……應該六個月就可以飛到地球圈的軌道。」

但是居然是去地球圈，這就超乎了我的想像。

「畢竟在引力輕的火星訓練，也不會有什麼長進。」

我有生以來第一次離開火星。

但也沒有因此而有太多感慨。

當我意識到的時候，凱瑟琳的訓練已經在太空船裡面開始了。

除了要以無重力空間的船外活動及加速G力的超重力狀況下鍛鍊基礎體力，甚至還要我操縱太空船，還有中繼站的靠航工作。

最讓我吃驚的是，還要求我要用筆算方式計算飛到地球的軌道，不能用電腦。

如果只是引力問題，那應該也不用特地飛到地球圈。但火星附近有聯邦的監視衛星在巡邏，也沒有我們這種通緝犯（博士他們應該也是這類人）可落腳的地方。

他們把這艘飛向地球圈的小型行星交通太空船取名作「弗伯斯」。

反正也是因為T博士講說「沒有名字會不方便」而隨便取的吧。

一定是在譏諷我。

到達前的這一百八十天，只是空有駕駛員訓練的名義，實際上都是在玩馬戲團的道具。

這真的是要我去當小丑還是特技演員嗎？

到達地球圈之後，正式的訓練就在已經遭到棄置的小型無人殖民地展開。

雜耍、踩球，以及走鋼索之類的，我幾乎都已經學會了。但對我來說，要在火星的三倍引力下做空中飛人就真的很吃力。

我不斷失敗，摔到地上。

然後每次就會躺進恢復體力及治療用的醫護艙中休養。

「不能設置安全網嗎？」

「那樣太花時間了……練到自然熟練吧。」

「……我知道了。」

當骨折超過五十處之後，我決定不再計算。

幾天後，凱瑟琳運來了基因複製成的獅子、老虎還有熊。

「牠們只是借來的，要好好對待喔。」

雖說是複製型動物，但猛獸依然是猛獸——就算我想好好對待牠們，也根本無能為力啊。

我從一開始就已經不打算去數咬痕及爪痕了。

更讓我感到精神打擊的是丟飛刀訓練。

這訓練是凱瑟琳拿自己作目標，要我丟飛刀。只要我略有閃失就會傷到她。

我還算有點技術，自信不致於會要了她的性命，但事情總有個萬一；更何況引力的變化很可能會讓我的力道控制產生微妙的失常。

就在我遲遲猶疑不定的時候，凱瑟琳不耐煩地直直走了過來，從我手中搶下了飛刀。

「站到那邊……不要動。」

凱瑟琳走到另一邊，突然就一口氣丟出八把飛刀。

雖然有我站在中間，但八把飛刀均劃出一道弧線，漂亮地全部命中標的，也就是大型蜘蛛板的正中間。

「回去之前，你必須做到在這五倍的距離丟出三倍量的飛刀，而且還要能確實命中目標……」

「…………」

「啊，對了，引力要變成兩倍。」

她把引力加成了火星的六倍。

每天的訓練課表都相當嚴酷。

我心中認真想過自己可能會死。

但是每一次，凱瑟琳都會真誠地看著我的眼睛鼓勵我。

「只要拚了命去做，就沒有不可能的事……只要能將你天生的動態視力及未來會更加成長的身體能力運用到極限，就一定辦得到。」

她這麼一講，我就覺得自己能夠辦到。

「如果你在兩百天以內辦到，我就給你獎賞。」

結果實際去做，我花了一百五十天就完成這道課題。

「了不起啊，無名氏……」

凱瑟琳給我的獎賞是香蕉。

再怎麼說，我也是曾經當過恐怖分子的人。

說到「獎賞」，我只會想到「現金」而已。

一想到我居然為了這種東西而拚命，就覺得很不值得。

「不滿嗎？」

我覺得老實說出自己的感受可能會挨打，所以決定不回答。

「那就開始新的特訓吧。」

更嚴苛的訓練就此開始。

那些猛獸已經還了回去。

我以為是租借期限到了，但並非如此。

凱瑟琳調節了殖民地內的空氣，使氣壓及氧氣濃度產生變化。

她調成了跟八千公尺的山上一樣的環境。

這樣低氧、低氣壓、低溫的環境，已經是人類勉強能維持生命的數值。

她要我在這樣的狀況下做空中飛人及走鋼索。

五十天後，我完美達成了這項要求。

「幹得好，無名氏……」

這次她賞了我蘋果。

「凱瑟琳……我是為了自己而接受訓練，所以……」

我想告訴她，我不需要獎賞。

「我知道了，我會好好嚴格地訓練你……」

意思是她之前都不嚴格就對了？

「那麼，以後就是三倍的引力嘍。」

也就是火星引力的九倍，凱瑟琳露出一如往常的微笑。

當我以五十天完成課題之後，接下來則是無重力環境的訓練及月面的訓練。

不過我想自己的身體就算處在引力些許變化，或者低氧、低氣壓的環境時，也能夠從容應付了。

MC-0022 NEXT SPRING

到了某一天，T博士傳來回航的命令。

『姊姊，又有大變化……無名氏的最後調整工作，希望等回來後再繼續。』

由於處在不能即時通話的距離，這只是單方面的影像通知而已。

但仔細想想，博士本來就是個只會單方面要求的人。

『火星聯邦選出新總統……使得火星就如同原意成了「戰神的星球」。』

影像一轉，開始播放正在就職演講的總統。

總統是女性。

她穿著純白的正裝，就像個華麗的貴族似的。

還戴起頭盔型的面具，遮住眼部。

『我是這次就任第二屆火星聯邦政府總統一職的莉莉娜，也是首任總統米利亞

爾特・匹斯克拉福特的妹妹。』

我心想這玩笑也開太大了。

那個莉莉娜・德利安不是已經永遠沉睡在冷凍艙內了嗎？

我想會不會是有心人士戴上面具，做出冒名的欺世行為。

『我將尊重亡兄的遺志，依照與全民訂下的約定，與傑克斯・馬吉斯上級特校展開雙邊會談，以期與拉納格林共和國和平相處。』

女總統脫下遮住臉部的頭盔繼續說：

『並且，我也依照另一項約定，讓大家看到我面具底下的容貌。』

面具底下的容貌，是個嬌柔的少女。

「莉莉娜……」

凱瑟琳低聲說：

「不會錯，她就是莉莉娜・德利安。」

『我的名字是莉莉娜・匹斯克拉福特。從今天起，我火星聯邦政府將採取非武裝、非暴力的「完全和平主義」方向。』

匹斯克拉福特？

看來似乎不是德利安。

完全和平？

她真的認為外界能接受這種空談嗎？

「我覺得凱瑟琳也很年輕。」

她伸手摸了摸我頭上戴著，像是破抹布一樣的針織帽說：

「我向來不把恭維話當一回事喔。」

我從來不說恭維話。

凱瑟琳嘆了一口氣，又轉回笑臉：

「那我們就回『戰神的星球』吧……」

我們很快就離開了訓練將近三百天的地球圈，坐著行星交通太空船「弗伯斯」直直朝火星軌道前進。

這段時間，我的體力有了飛躍性成長。

但是對我來說，更大的變化是我的思考方式改變了。

這可能是受到馬戲團的訓練影響。得利於我會把未來可能發生的「所有事情設想周到」的推理習慣，我想今後不管遇上什麼結果，我都能冷靜應對。

基於如此思慮而行動，已經成了我的習慣。

這都要歸功於凱瑟琳。

人往往因為「出乎意料的狀況」而進退失據，但我認為那只不過是「欠缺想像力」而已。

從前的我不曾仔細思慮，只是遵從上級給的命令。

暗殺米利亞爾特總統時也是，雖然有預估過逃走路線，但並沒有料想到會被同伴背叛。

逃得掉是算我運氣好，但過程卻慘不忍睹。

當自己要採取什麼行動的時候，必須先冷靜分析自己具備的能力，儘可能設想好各種可能發生的狀況，並在心中模擬。

然後才著手行動。

即使是不幸遭遇到出乎預料的狀況，也是因為自己欠缺想像力，責任在自己身上，會坦然接受結果。

就算最後自己會死亡，那也是我所選擇的最壞模擬狀況，並不會後悔。

我的行動不再有驚恐和猶豫。

雖然船名叫作「驚恐（弗伯斯）」。

MC-0022 FIRST WINTER

對人類而言，宇宙空間是與死為鄰的危險地點。

換言之形容，就跟「走鋼索」一樣。既然是在這樣危險的宇宙航行，那麼自然就會發生一次次的意外事件，在應對時必須要有冷靜的判斷力及平衡感。

就像是這個時候——

那是到達火星軌道前七天的事。

每幾年就會發生一次X-10等級的閃焰現象（註：於太陽的日冕過渡層中的一種局部輻射突然增加的太陽活動。會瞬間暴增無線電波、紫外線、X射線流量，以及發射高能的γ射線和高能帶電粒子，帶來各種干擾）。在這艘小型太空船「弗伯斯」中，為了避免受到閃焰的強照，就必須躲進兼具寢具功能的放射線隔離艙。

人類要是直接受到X-10等級的放射線照射，就會死亡。

這時期會發生閃焰的狀況，原本就可以藉由長期預報設想到，而避免進行行星交通。

或者也可以搭乘安裝有放射線防盾功能的大型太空船航行。

「閃焰發生前，三千六百秒。」

再差不多六十分鐘後，太陽發出的強烈放射線就會照過來，就在這時候——

太空船接收到求救訊號。

『這裡是行星運輸船積木號。』

是跟我們一樣，先一步從地球圈航向火星航線的運輸船。

可能是閃焰要發生的前兆吧。

畫面呈現雜訊狀態，只收得到聲音訊號而已。

聲音則聽起來是女性。

對方的船因為在航行途中受到流星群撞擊，使得船身受到重創。

『我們船的放射線防盾由於故障，無法使用，拜託快來救援我們！』

就人道而言是該去救援，但依照宇宙航行法規定，就算不理會也不會有罪。

因為很可能會同歸於盡。

「這裡是行星交通太空船『弗伯斯』，請問貴船的船員人數？」

『含我在內，總共四人……』

即使救出這四個人，這艘船的隔離艙只有兩具，備用艙也僅配了一具而已。

只有一個人可以得救。

『船上的成員幾乎都因為隕石事故而死了……剩下的我們也都只是乘客，沒有人有船外活動的經驗。』

我轉頭看向凱瑟琳的臉。

她立刻下了決定。

「必須過去才行呢。」

「了解……我們將到貴船修理防盾裝置，請傳裝置的回路圖過來。」

回路圖馬上就傳了過來。

要檢查的斷線部位共有三處。

而從船外攝影機來看，還可發現到周邊散布著二十四塊隕石碎片（含有大量鐵質的碎片）。

想必這些碎片也是使放射線防盾不能使用的原因之一。

必須做的工作是清除碎片，並更換三處斷線回路的元件。

「有這些回路的備用元件嗎？」

『其實我們有試過，但是失敗了。用遙控操作式的船外工程小艇無法做出這麼細膩的工作。』

「那麼備用元件是放在船外嗎？」

『就放置在工程船的人工手臂上。』

既然是細膩的工作，就必須穿著太空裝著手修理。

『只剩不到五十分鐘了，這真的可行嗎？』

「我們不能保證，但也沒有別的方法了。」

『太危險了！我們不能讓素不相識的你們做這種事！』

「別在意……我們可是很會走鋼索喔。」

離閃焰發生，放射線照過來還有三千多秒。

我們加快了小型行星交通太空船的速度。要追上運輸船「積木號」，還要再兩千七百秒。

「剩下來的時間分配是：十秒鐘用來調整兩艘船到航速一致並且動身過去；一百八十秒鐘處理修理工作；十秒鐘回船。」

「兩船能相對靜止的時間只有三百秒，要過去的話，最少也要三十秒呀。」

「不過還是有四十秒的餘裕，我一個人的話，這時間已經夠安裝備件了。」

「你打算一個人去做這工作嗎？」

「凱瑟琳，就拜託你控制這艘船的速度了。」

「無名氏……你不怕死嗎？」

「拚了命去做，就沒有不可能的事……這是凱瑟琳妳以前告訴過我的。」

「…………」

「還有，不管任務結果是成功還是失敗，希望妳在閃焰發生前兩百秒就要進入隔離艙。」

「……我知道了。」

兩千六百秒鐘一下子就過去了。

我們的船為了減速而起動了反向噴射器。

我們穿上太空裝到小型行星交通船「弗伯斯」的外側，從左舷爬到了上方。

話說回來，宇宙空間中是不分上下的。

我們看到懷念的火星，就位在遙遙的前方。

並且用肉眼也可以確認到，自己正緩緩地接近大型行星運輸船「積木號」。

『到達交會點，距任務開始還有六十秒。』

凱瑟琳緊張的聲音，經由無線電傳到我耳中。

『距放射線到達，還有三百三十秒……』

「不用擔心。這種程度的簡單工作跟妳的特訓相比，根本沒什麼……」

『收到。要是這項任務成功……不，一定會成功。完成後，我會給你獎賞。』

反正一定是柳橙或是鳳梨罐頭之類的。

「開始倒數吧。」

運輸船「積木號」已經橫在我的頭頂上方。

我抬頭一看，看到被深深打穿的船身露出的內部構造，還有停在旁邊的球形工程小艇。

雖然看起來很近，但距離相隔有500公尺。

「5……4……3……」

我將手放在背上的小型推進噴射器的起動開關上。

「2……1……0！」

相對速度一致，形成了靜止狀態。

「那麼，我出發了。」

我輕輕往上跳躍。

這比空中飛人要輕鬆多了。

我就這麼旋轉身子，到了運輸船「積木號」上。

成功照原定計畫，十秒鐘完成。

我照著凱瑟琳教導的，向觀眾席（船外攝影機）優雅地行了個禮。

當然，我聽不到拍手聲。

「我是無名氏，已經到達積木號。」

『收到了……距離閃焰發生，還有兩百八十秒……』

我確認了二十四塊碎片的位置。

其大小各有不同，小塊的也有一公尺大。

要當作目標，算是剛剛好的大小。

「丟飛刀的特訓幫上了忙……」

『還有兩百五十秒喔！』

我站在碎片的中心點，以便觀望，手上則拿著前方裝有鑽頭的二十四支飛鏢。照著丟飛刀的訣竅，一次把飛鏢丟了出去。

這些飛鏢均繫有繩索，是可以有線遙控的宇宙用特別製品。

所有小型的鑽頭全都命中了隕石。

而且都深深地鑽進碎片，確實固定在上面。

我以揮打馴獸師鞭子的訣竅往上拉動繩索，將二十四塊碎片拉出船身。

接著一按手上的開關，飛鏢的鏢尾就開始噴火，隕石就此向浩瀚的空間飛去。

『Ｂｒａｖｏ！』

凱瑟琳興奮地以無線電通聯。

『太好了，無名氏！這真是最棒的出道表演了！』

我看看安全帽內的時間顯示。

「凱瑟琳，已經剩下不到兩百秒，妳要去隔離艙避難了。」

『不行喲！這樣你回來的時候，誰來幫你開船外的艙蓋呢？』

「我會從外面手動開啟。」

『手動要花時間啊……最少也要有三十秒以上的餘裕……』

「要是剩餘時間低於三十秒，我會在這艘船內避難。」

『可是……』

「剩下就只有更換回路元件而已……凱瑟琳，拜託妳，照我的話去做吧。」

我一邊向她懇求，一邊趕往船外的工程小艇。

『我知道了……你什麼時候開始講話敢這麼神氣了？』

她粗暴地切斷了通訊。

在工程小艇的人工手臂上，有三塊回路元件。

我拿起這些元件，便動身前往回路遭到破壞的內部區塊。

經由遭到打穿的船身破洞，我輕鬆進入到內部。

但是內部構造並不簡單。

剩下的時間已經不到一百五十秒。

我終於走到目標區塊。

我從模樣類似的回路元件中找到了故障部位，將面板元件換成備用品，但光是這樣就花費了九十秒鐘。

我已經用掉很多預防萬一的緩衝時間。

「積木號，我換好回路了……請檢查看看。」

『收到……我們馬上檢查。』

我留在原地等待檢查結果。

十秒……二十秒……三十秒……時間無意義地流逝。

這超出了我的計畫。

『檢查完畢……防盾系統運作完全。』

這令我從長時間的緊張情緒中解放開來。

『謝謝……我們衷心感謝您勇敢的行動。』

安全帽上顯示，離閃焰發生還有三十秒的時間。

「積木號，我已經沒有時間回到自己的船了。不好意思，可以讓我在這艘船內避難嗎？」

說完後我便等待對方回答。

我等了五秒鐘。

沒有回應。

恐怕在最後的通訊時，他們還想要再加句「我們不會枉費你的犧牲」，或是「請一路好走」之類的吧。

似乎是打算不予理會，見死不救。

以宇宙航行法而言，這種狀況不會入罪。

因為也有可能會同歸於盡。

好久沒有嘗過這種滋味了。

背叛是我們的常用手段。

我也想過乾脆就動手破壞這艘「積木號」的防盾系統，讓那些人跟我同歸於盡，以出這口怨氣。

但自己從小就是個像破抹布一樣，用爛就丟的消耗品。

我心想：要死就自己一個人死吧。

會變成這樣，都是因為我欠缺想像力。這是個人問題，也只能坦然接受了。

我並不會後悔。

凍住的淚腺也仍未融化。

在大限剩下二十秒的時候，我從船內爬了出來。

頭上遠處看得到我們的太空船「弗伯斯」正因為同步速度錯開，漸行漸遠中。

我自作多情地擔心著凱瑟琳是否有乖乖進入到隔離艙中。

要是就這樣死了，她的特訓就全都會化為烏有。

我感到愧疚，這點再怎麼賠罪也賠不起，而且我就連句道歉的話都想不出來。

我心想，再看看火星最後一眼吧。

火衛1弗伯斯畢竟無法看到，但我並不「驚恐」。

「最後還是沒找到第三條路啊……」

T博士及卡特莉奴的臉在我的心中一閃而過。

我發現好像從哪裡傳來「天方夜譚」的樂音。

這真是平靜安詳的幻聽。

剩餘時間已經不到十秒鐘。

無情的時間正流過無涯的宇宙。

我理解到，自己並沒有資格生存在這片宇宙中。

所以我不必有過去。

也不需要名字。

我轉身望向正明耀發光的太陽方向。

打算接受閃焰放射線照射的命運。

「？」

我看不到太陽光。

在我眼前出現的是工程小艇，還有用有線遙控方式，從太空船「弗伯斯」射出的備用隔離艙。

剩下五秒鐘。

艙蓋大開的隔離艙中，貼著凱瑟琳手寫的筆記。

——笨蛋！快給我進去！

三秒鐘。

我立刻進入隔離艙中，蓋上艙蓋。

零秒鐘。

安全帽上的時間顯示已經變成負數。

因為還穿著太空裝，隔離艙內顯得相當擁擠。

但是沒什麼好挑剔的。

想必是凱瑟琳藉由有線遙控索移動工程船，將隔離艙送到這個位置的吧。

真是驚人的技巧。

我完全無法相比。

而且能猜到這一步，可見心中模擬的情況量必定遠遠多過了我所想。

我深深感到不如。

X-10等級的放射線不停照射了大約兩天。

我並不擔心這段期間的呼吸問題。

太空裝的空氣量還有一天份，而拜凱瑟琳的訓練所賜，我的體能就算是一半的氧氣濃度也撐得住。

要怎麼感謝她才好呢？我完全想不出來。

過了兩天，隔離艙的艙蓋就立刻被打了開來。

已經是在「弗伯斯」的船內了。

肯定是凱瑟琳將工程小艇整個回收進船內。

我人就直接往她身上倒去。

「無名氏！」

凱瑟琳取下我的安全帽，讓我呼吸新鮮的空氣。

「對……不……起……謝……謝……」

我的意識相當模糊。

這時候，凱瑟琳突然一拳毆打我的臉。

我的驚訝感更勝痛覺。

「你呀……」

她一把抓起又要倒地的我的胸口，將美麗的臉龐湊了上來。

「不要再有想死的念頭了！人命可沒有這樣廉價啊！」

女性無法言喻的汗味，芬芳得麻醉了我的嗅覺。

「什麼破抹布？什麼消耗品？別笑死人了！你也稍微重視一下自己吧！」

凱瑟琳清澈的眼眸浮現了淚水。

我感到驚訝，居然有人會為我這種人流淚。

「我……我知道了……」

僅僅如此，我覺得自己好像已經得到博士所說的「歸所」。

「還有啊！」

她撩起了我的瀏海說：

「這是獎賞！」

凱瑟琳親吻了我的額頭。

這份獎賞之好，真是前所未有。

行星運輸船「積木號」就航行在遠遠的後方。

對方傳來了賠罪訊息。

這次清楚地映出影像。

畫面中是名氣質高雅的中年女性。

『真的非常對不起……放射線防盾一啟動，所有的通訊就全都無法使用了。』

似乎不是故意的。

我與凱瑟琳決定相信她的話。

或許是我們對人類這種生物，還能抱持著些許希望吧。

當太空船「弗伯斯」回到火星軌道時，傳來卡特莉奴的聯絡訊息。

『好久不見了，無名氏。』

笑容依舊。

『我會在中繼站接你們，請在那裡等我。』

不過之前是給人男孩的感覺，現在則是變成了從眼鏡下的眼眸中，隱約帶有憂愁感的少女。

「『普羅米修斯』及『舍赫拉查德』的進度如何？」

『沒什麼進展……我最近對哥哥製作的「白雪公主」比較感興趣。』

語調中處處帶著低沉。

情況不對勁。

「卡特莉奴，妳在煩惱什麼嗎？」

『煩惱……討厭啦，我才沒有呢。』

雖然她擺出一副開朗的模樣，但我感覺到她心中藏有心事。

『不過呢，要是我給人看起來真的有這種感覺的話，那就是我戀愛了吧。哈哈哈哈……』

戀愛？那是我不太了解的感情。

但是我很清楚，她正勉強壓抑著自己的感情。

有種無法形容的不好預感湧現心頭——

MC-0022 NEXT WINTER

卡特莉奴和我們割袍斷義，是在那之後三個月的事了。

從那之後，便沒有再看過她露出懷抱心事的樣子。

正確來說，是我不太有機會看到小姐。

普羅米修斯及舍赫拉查德都還沒完成，雖然我的訓練也一樣。

另外，W教授負責開發的MS「白雪公主」及「魔法師」則聽說已經完成。

大概是相當保密的機體，祕密地保管在某處，我從未看到過。

所以駕駛員訓練課程是以MS——雖然同名，其實是在Mars Suit中進行的。

模擬戰的對手都是由T博士擔任，凱瑟琳沒有駕駛過MS。

而卡特莉奴或許是個沒有必要訓練的完美駕駛員。她也一樣，沒有進過模擬駕駛艙中，也不曾參加過模擬戰。

我看到卡特莉奴的小提琴琴箱就一直擺在走廊的一角，上面積了一層灰塵。
那麼討厭火星塵土的她，會這樣處置心愛的樂器，這絕對不尋常。
「…………」
再也聽不到她演奏「天方夜譚」了嗎？
我感到有些落寞。
我拿起針織帽，幫她撢了撢琴箱上的灰塵。
沒差，反正是塊破抹布。
一拿下帽子，才發現到我的瀏海不知不覺已經長得挺長的了。
雖然也無所謂就是了。

T博士、W教授與凱瑟琳正在我不知道的地方談話。
「博士，無名氏的狀況如何？」
「不錯……也許可以輕鬆超越我以前的水準。」
「是嗎……那太好了。」

「怎麼了嗎?不像平常的你。」

「…………」

「是卡特莉奴的事嗎?」

「嗯……她最近的樣子實在很可疑。」

「只是想要駕駛『白雪公主』而已吧?就像女孩子想要穿新洋裝一樣。」

「是那樣就好了……」

「不,最好不要以為卡特莉奴會駕駛到『白雪公主』。」

「為什麼?」

「神父傳來消息……據說『神話作戰』已經開始了。」

「那就是說『睡美人』已經……?」

「嗯……他終於要行動了。」

「我不喜歡他。」

「凱西准尉已經前往北極冠基地……我要『VOYAGE』順勢直接執行運送『白雪公主』及『魔法師』的任務。」

卡特莉奴從地下機庫強行帶走未完成的普羅米修斯前往莉莉娜市，就在這場談話當天的深夜。

「小姐背叛了嗎？」

我當下不敢立刻相信。

「恐怕錯不了……」

表情沉痛。

「無名氏，你能幫忙追捕她嗎？」

我毫不猶豫地立刻回答：

「……我知道了。」

這時，凱瑟琳插話進來。

「不行！他還只接受過Mars Suit的訓練而已呀！」

「沒問題的，凱瑟琳……因為有妳訓練，我已經可以應付各種狀況了。」

「可是你仍然是個無名氏！你真的了解性命的貴重嗎？」

「名字的話，我想好了……」

我雖然一樣沒興趣從過去尋找價值，但已經不再想當破抹布消耗品了。

「博士……記得你說過，你的T是察東嗎？」

「嗯……」

我將破抹布似的針織帽交給凱瑟琳。

「那麼，我的名字就叫特洛瓦……」

我以第三種選項，第三條路為名。

長長的瀏海蓋住我半邊的臉。

「就叫我特洛瓦．弗伯斯吧。」

以「驚恐」為名，是要提醒別再回到從前的自己。

「太好了……特洛瓦．弗伯斯。」

博士就像第一次見到我時一樣，直直地看著我說：

「出動吧。」

「收到……」

卡特莉奴正駕駛兩棲式長程高速氣墊船「格雷普號」，從克里斯海登上西邊大陸，一路往遙遠的奧林帕斯山疾駛。

奧林帕斯是太陽系內最高的山。

標高２７０００公尺。

在容易發生磁場異常的火星，不管是指南針還是導航系統都不可靠。

若以這座奧林帕斯山為標的，就算捲起沙塵暴，也不用怕會看錯方向。

我同樣也駕駛了氣墊船「奧德哈曼號」，追在卡特莉奴的後面。

雙方的差距已經越來越小。

眼前是一片廣大的紅色沙漠。

奧林帕斯山就在對向，而太陽正從峰頂緩緩昇起。

早晨的陽光將天空染成一片殷紅。

與我同名的衛星正衝向眼前的太陽。

卡特莉奴的「格雷普號」就停在沙漠的正中央。

她放棄逃亡了嗎？

這樣的想法馬上被打破。

卡特莉奴傳來通聯訊號。

她就像我第一次看到她時一樣，戴著護目鏡。

「嗨，你看到弗伯斯了嗎，無名氏？」

「你認錯人了……我不是無名氏。」

不，或許我該說，我已經不是無名氏了。

「我是特洛瓦．弗伯斯……」

「特洛瓦——？」

卡特莉奴一口氣憋不住，狂笑了起來。

真是沒禮貌。

「而且你還把弗伯斯當作名字啊？」

她似乎抱著肚子繼續大笑。

「…………」

「你果然是個與眾不同的人呢。」

她開朗的態度，實在讓人不覺得像是會偷出ＭＳ逃走的背叛者。

「然後呢？那頂帽子也不戴了嗎？很適合你呢……」

但是護目鏡底下的眼神則充滿了殺意。

「我很中意那頂帽子呢。」

這麼說的同時，我身邊沙漠的沙子突然往上竄起，並出現數十個龐然巨物。

「很喜歡……很喜歡喲。」

是Mars Suit啊。

不，是Mobile Suit。

「這些不是Mars Suit，也不是Mobile Suit。」

我已經被完全包圍了。

「這些機體叫作Mobile Doll。」

「Mobile Doll？」

「我自己是叫作『家人（馬格亞那克）』就是了。」

仔細一數，Mobile Doll的馬格亞那克共有四十架。

「你可以放我一馬吧？」

「這是不可能的……」

「我懂了……」

馬格亞那克同時行動了。

就在這時——

索敵雷達上又出現兩架機體。

「偵測到兩架機體？」

卡特莉奴似乎也察覺到另外出現的機影。

「難道……？」

突然有陣帶有磁力的強烈沙塵暴吹了過來。

所有螢幕都沒了畫面。

索敵雷達也失去回應。

我立刻離開氣墊船的駕駛艙，站在船身上。

卡特莉奴也一樣走出船外。

在這場風暴中，應該不會有機體還可以行動。

馬格亞那克自然也都停下了動作。

但是在我的視線範圍內，卻遠遠看到對向有兩架機體尚在移動的奇蹟。

那是包著帶帽斗篷的兩架Mobile Suit。

不是Mars Suit。

藏在斗篷底下的兩隻發著光的眼睛說明了一切。

當然了，也不是什麼Mobile Doll。

這兩架就在猛烈的風暴中，逐步接近此處。

卡特莉奴看到後，放聲大喊起來：

「Snow White——！」

穿白色斗篷的機體抽出了光劍。

「Warlock——！」

穿黑色斗篷的機體則是拿著巨大的光束鐮刀。

那兩架機體為何可以在這場沙塵暴中活動呢？

「我可是……」

卡特莉奴拿下護目鏡，繼續吶喊：

「一直在等著你們到來呢——！」

穿黑色斗篷的機體傳出了說話聲：

「你就是溫拿家的小姐是吧？」

穿白色斗篷的機體傳出了說話聲：

「確認……」

沙塵暴變得更加猛烈。

「妳真的打算和莉莉娜．匹斯克拉福特會面嗎？」

「沒錯！我要將這整顆火星化作山克王國！」

「那麼，卡特莉奴……」

白色機體掀開了斗篷，動手攻擊。

「……我要殺了妳。」

坐在名為「白雪公主」機體駕駛艙中，眼神冷酷的少年靜靜地如此說——

MC檔案2

「從前從前，在某個農場，有隻人稱『呼喚黎明』的公雞。

某天，當『呼喚黎明』走在路上時，有隻狐狸跳過圍籬，走了過來。

接著狐狸說話了：

『你為什麼要逃呢？』

『黎明呼喚』裝作一副不知所謂的表情，沒有回答。

『我之前跟百獸之王獅子還有百鳥之王老鷹談過話了。我們已經決定從今以後，不再殘殺動物。』

狐狸眼神溫和地說。

『所以我不會攻擊你，可以從圍籬下來嗎？』

『呼喚黎明』看著遠方回答：

『獵犬已經往這邊衝來了！』

聽到這句話，狐狸趕緊逃了出去。

看著逃跑的狐狸身影，『呼喚黎明』說：

『為什麼要逃呢，不是不再殘殺動物了嗎？』

但是狐狸再也沒有回來……」

《世界和平的黎明》

取自舍赫拉查德所述《一千零一夜》

MC-0022 NEXT WINTER

卡特莉奴・伍德・溫拿。

這是我的名字。

父親的名字是薩伊德・塔布拉・溫拿。

他在幾十年前就已經去世。

中間名的「伍德」是樂器的名字，哥哥卡特爾的「拉巴伯」，父親的「塔布拉」也一樣。後來伊莉亞告訴我，這是溫拿家另類的習俗之一。

我知道卡特爾殺了父母親的事。

與我一樣，名字叫作「卡特莉奴」的母親，是在生下卡特爾時去世。

據說當時的女性若在宇宙懷孕，同時就意味著「死亡」。

雖然不是必然的因果關係，但我沒有母親，我是以上個世紀的醫療技術「體外人工受精」出生的試管嬰兒。

我有種從我出生到這個世上起，就背負了得思考「生命」意義的使命感。

沒有任何生命可以被隨意處置。

宇宙中最貴重的，就是生命。

真的是如此嗎？

舉例來說，和我一樣名字的卡特莉奴，以自己的生命為代價生下了哥哥卡特爾，這樣的決定真的正確嗎？

我實際提出了這樣的問題：

「哥哥會覺得自己有幸生到這世上嗎？」

「這問題很難回答呢……我相信這問題會在我死的時候知道答案。」

「有多少人因為哥哥出生而死亡呢？」

「不知道耶……父親及母親肯定是因為我而死去，而我自己也曾在戰爭中殺了許多人……」

「可是你不是救到更多的人嗎？」

「是沒錯……在戰場上活下來的人，都是這樣相信而生活著。」

「我沒有看過哥哥流眼淚。」

「我以前很愛哭……現在，眼淚或許是已經凍結了吧。」

「…………」

「或許哭著道歉會有人肯原諒，但我並不原諒自己……所以決定不再流淚。」

舉例來說：管理下的和平世界，或者允許自由卻紛爭不斷的世界，哪一邊會比較幸福呢？

當然，允許自由的和平比較理想，但我想這樣的世界並不存在。

在這兩者之間找到某個可以妥協的點，雖然或多或少會感嘆不如意，但也只能就此滿足；這才是人類所處世界的實情吧。

因為少數人的犧牲而造就多數人的幸福，這就道德而言絕對沒有錯。

但是，這必須是少數犧牲者能夠接受才行。

要是不經由他們同意，那就是強迫行為。

這時，大多數人的「最大幸福」，就會變成強者口中不道德的「傲慢」言語，用來「不合理」強壓弱者。

父親薩伊德屬於少數意見派。

他反對宇宙殖民地建立武力。

因為他是個頗具規模的資產家，大多數殖民地民眾都要求他購買武器，但他堅持不從這些意見。

——人類居住在宇宙中已是難能可貴，戰爭這等行為是既不可行也毫無意義。

我以為這個說法正確。

但是卡特爾不遵從這樣的想法。

——戰爭確實可悲。但是不出戰的話，這場戰爭不會結束。

他駕駛名叫「沙漠鋼彈」的ＭＳ，親自站上戰場。

無論多麼了不起的聖人，既然生為人類之一，其生存就會帶來越來越多的其他犧牲者。

宇宙的環境問題常常被人當作話題提出，說到極端時，就會聽到有人說：「如果真的認為這麼重要，那麼人類滅亡才是最好的方法。」我認為這是常見的謬誤。

如果認為人活著是種「罪惡」，那麼他可以選擇自絕生命，並且還必須思索及著手「贖罪」的方法。

可笑的是，事實上幾乎所有活著的人類都沒有什麼「罪惡」意識。

他們應該覺得活著是理所當然的事，才不想要死亡呢。

我則是稍微不一樣。

我的「誕生」是刻意藉由醫療技術而得到的結果。而我生存的意義，則從一開始就有著如同使命似的路要走。

我必須剪除所有活在世上之人感受到的苦惱。

必須奉獻自己，讓更多的人得到幸福。

這就是我要背負的人生。

我的生命可以被隨意處置。

我的生命，在這宇宙中並不貴重。

而不「自重」，正是我的「自重」。

我決定戴上眼鏡。

並不是我的視力變差，而是像我這樣的人，若是直接用肉眼觀看這充滿生命的美麗世界，實在是會感到過意不去。

就像用顯微鏡或望遠鏡看事物時，不管是什麼，不是都可以冷靜應對嗎？

就像這樣。就我而言，如果不隔著眼鏡，就會感到害羞得不能自已，完全冷靜不下來。

現在出現在我眼前的景色，我想大概是火星上最美的了。

黎明時刻，染紅了天空的朝陽。

當下還有著正即將下山的太陽，被火衛1弗伯斯穿越而過的火星獨特日蝕現象。

漆黑的奧林帕斯山聳立在對側，山腳下廣大的紅色沙漠則猛烈吹拂沙塵暴。

然後，有兩架巨大的人型兵器——ＭＳ。

穿著白色斗篷的「白雪公主」。

穿著黑色斗篷的「魔法師」。

我感到一陣興奮。

這兩架黑色與白色的機體是最美麗的機體了。

我帶著高昂的情緒，大聲喊出機體的名字。

但是我景仰的人卻冷冷地說：

「卡特莉奴……我要殺了妳。」

跟我從莉莉娜口中聽來的「希洛・唯」形象有點不太一樣。

——希洛・唯是帶給我們希望的人。

莉莉娜曾經語帶害羞，略微低下頭來跟我這樣表示。

——我也已經請求過桃樂絲總統，若要讓現在的火星和平，就需要他才行。

他確實這樣說過。

背後傳來特洛瓦・弗伯斯的叫聲：

「妳再想想吧，卡特莉奴！莉莉娜・匹斯克拉福特的理想仍舊還無法實現！」

這或許會是場必敗的戰爭。

但是，如果沒有人為了這個理想而戰，那如此可悲淒慘的狀況不就不會有任何變化了嗎？

我已經下定決心。

要完成莉莉娜的完全和平主義——

MC-0015~0019

小時候，是伊莉亞博士將我養育帶大。

伊莉亞是最能了解我心情的人。

我感覺她就像是我的母親。

或許就是她讓我誕生到這個世上。

而伊莉亞也告訴過我，她是我的姊姊，一樣是藉由試管而出生。

我的生日跟火星獨立紀念日在同一天。

據說從那時候起，火星就到處發生紛爭。

但是小時候的我，住在可以不用管這些事的地方。

伊莉亞在距離火星地方都市偏遠的偏僻地區，為火星改造計畫而建的居住用巨蛋中開了一間名叫「溫拿醫院」的小醫院。

那是間像小鳥巢箱般的小木造屋子。

雖然小，但我記得其中齊備了最新的醫療機器，醫院經營得有聲有色。

住家外面有透明的巨蛋來隔離火星的環境。其中森林及湖水長保亮麗，鳥及松鼠之類的小動物還會在林木間來回穿梭奔跑。

庭院中，會有隨著季節不同而綻放的美麗花朵，還有多彩的蝴蝶優雅飛舞。

我猜肯定也有妖精或小人住在其中。

對小時候的我而言，這間小鳥巢箱就是全世界。

而我當時認為自己一定不會離開家，走出外面的世界。

我私底下夢想著，永遠和溫柔的伊莉亞住在一起。

當時的我是個相當頑皮，又很愛撒嬌的孩子。

在只有兩個人共處的晚餐後，伊莉亞常常演奏小提琴。

她會用老舊的小提琴演奏許久前的動人樂曲給我聽。

我以為她也有個取自樂器的中間名，但她說沒有。

「有中間名的，就只有溫拿家的繼承人。」

伊莉亞這麼說。

「我希望由妳繼承卡特爾。」

這是我第一次聽到卡特爾哥哥的名字。

「卡特爾哥哥沒有小孩嗎？」

「嗯……他沒有結婚，也沒有談過戀愛。」

「……？」

我驚訝得睜大了眼睛。

年幼的我並不懂那是什麼意思。

「他是個有點奇怪的孩子……這把小提琴也是卡特爾從前使用的樂器。」

「伊莉亞不結婚嗎？」

「我已經是個老太婆啦。」

我看起來並沒有這種感覺。

「而且我的工作是醫生……要是說出我要結婚的話，一定會挨父親罵的。」

伊莉亞一直在研究火星上出現的地方疾病。

一開始，我以為自己是為了這種疾病的人體實驗而誕生。

「卡特莉奴，拜託妳不要再說這麼令人傷心的話了。」

伊莉亞緊緊抱著我，流著眼淚懇求。

雖然這時候的我依然毫不在乎，就是如此認定，但她還是一直不求回報地關愛著我。

我只有一次，趁著伊莉亞外診時偷拉那把小提琴。

我只拉得出陣陣難聽的怪聲，因而領悟到，這對我而言實在太難了。

但如果是鋼琴，我就還可以彈奏。

我試著彈奏留在我心中，伊莉亞演奏過的曲子。

「了不起，卡特莉奴。妳果然是個天才呢……」

我記得那是我差不多只有兩歲時的事。

不過是指火星曆的年紀喲。保險起見，還是先說清楚。

我跟伊莉亞睡同一張床。

每當我睡不著時，伊莉亞就會說很久以前的故事給我聽。

像是水手的大冒險，或是祕密洞窟，還有飛天魔毯及從油燈中跑出的精靈。我總是滿懷期待地聽著故事。

後來我才知道，據說那些故事是取自一個叫作舍赫拉查德的公主說的《一千零一夜》。

或許是因為這樣，我很喜歡看書。

伊莉亞放在家裡面的書堆得像山一樣高。而就算我看不懂其中內容，也有電腦這種方便的資料收集裝置可以查詢。

我的興趣因此無止境地拓展開來，到處尋找不同領域的書來翻閱。

常常有人說這叫「菁英教育」。但至少我是當作興趣一般，憑著自己的喜好閱讀，因此不太喜歡聽到別人用教育這樣的字眼。

另外，還有種遊戲軟體叫作「描繪記憶」。讓遊戲與自己的腦波同步之後，就可以暫時重現某特定人物的資料，我當時常玩這款遊戲。

那陣子，我常常化身成男主角遊玩。不知不覺間，我也把自己當成了「男孩子」看待（註：原文中，卡特莉奴是以男性的人稱代名詞來自稱）。

我依自己的意思動手改造了這款軟體。例如說，我載入伊莉亞的小提琴演奏程式，雖然並不完全，但也算是可以重現，使得我因此也會拉「天方夜譚」。

但是數位轉換仍有極限。要能確實演奏，就必須再花上好幾個月練習才行。

當我演奏給伊莉亞聽時，她嘆了一口氣說：

「妳就跟卡特爾一樣，有著這方面的才能呢……但是可不能荒廢了努力喔。人呀，是辛苦收穫才會感到其中的價值……」

這也是伊莉亞給我的唯一像是勸諫的話。

明明在身為女孩子的我把自己當作是男孩子時，都還面帶笑容地坦然接受呀。

每半年時間，留著帥氣白鬍子，身材高大的拉席得叔叔會有二至三次運送食物、藥品及最新醫療器材到這個家中。

「老是麻煩你，真是抱歉。」

伊莉亞誠摯地向拉席得道謝。

「這沒什麼好道謝的啊，伊莉亞小姐。」

我很喜歡這位拉席得叔叔。

「我們是一家人（馬格亞那克）嘛！」

他咧嘴一笑的表情相當燦爛。

「小姐真是聰明，越來越像卡特爾少爺了！真是令人期後以後啊！」

拉席得叔叔做的是溫拿家的行星運輸工作。聽說他只要經過火星軌道的附近，就一定會順道來一趟。

不知何時起，我發現只要拉席得叔叔過來，平常素顏打扮的伊莉亞就會化妝。

雖然我只從書本上看過，我想伊莉亞應該是愛上拉席得叔叔了吧。

我只有一次，當拉席得叔叔背對著我，在整理庭院時問過他這件事。

「叔叔覺得伊莉亞怎麼樣？」

「她是叔叔很敬重的人呀。」

「會跟她結婚嗎？」

「別胡說！我的身分跟伊莉亞小姐不一樣！」

拉席得叔叔滿臉通紅地回過頭來澄清。

我一股腦兒地問：

「因為是試管出生的嗎？」

「…………」

拉席得叔叔停下整理庭院的手，大步走到我的前面，睜大眼睛瞪著我說：

「卡特莉奴小姐！還請您再也不要提起這件事！」

他的表情嚴肅而有壓迫感。

「第一，我也是試管嬰兒！」

既然這樣，那就跟身分不同沒什麼關係了。

「伊莉亞喜歡拉席得叔叔啊……」

「我已經有太太了。她是個老愛抱怨又心胸狹窄，做事粗魯不細膩的太太。」

那麼伊莉亞不是比這樣的女人更加迷人嗎？

「可是她適合我。」

庭院中，白色的木蘭花已然綻放，讓周遭飄散著芬芳的花香。

「男人與女人啊，可不是想要就可以盡如人意的生物。」

「好複雜喔……」

「可是，還請卡特莉奴小姐順著自己心中所想所感受去戀愛。不可以欺騙自己的內心！這跟是不是試管嬰兒這種事情絕對沒有關係！」

「呃……嗯……」

雖然我對拉席得叔叔點頭答應，可我實在無法想像自己會談戀愛。

木蘭花的花語是「對大自然的愛」。

我不懂愛人的感覺，但是我尊敬這宇宙中所有的大自然，愛著在其中欣欣向榮的那顆心。

因為大自然萬物都是順應著自我去燃燒著自身的生命。

「妳在奇怪的地方像極了卡特爾少爺啊……」

拉席得叔叔似乎叨唸了什麼，但我聽不清楚。

在「溫拿醫院」內，有兩位住院的病人。

一位是名叫瑪麗涅．德利安的親切婆婆。她總是將我喚作莉莉娜而疼愛著。

就算每次我都會說我的名字是「卡特莉奴」，德利安婆婆還是聽不進去。

「我以前是卡緹莉娜小姐的侍女……她就是妳真正的母親喲，莉莉娜。」

「我就說我不是卡緹莉娜，是卡特莉奴……而且我也不是莉莉娜。」

德利安婆婆接著就要我像個女孩子。

「德利安婆婆，紅茶要加牛奶嗎？」

「好，麻煩妳了。不過啊，莉莉娜，有教養的小姐要問的方式應該是：『您想要用牛奶嗎？』」

我懂了，看來莉莉娜是德利安婆婆的養女。

「穿起裙子來，這一定會很適合莉莉娜。」

我聽了她的話。

因為我好喜歡看她微笑。

頑皮的我，只有在德利安婆婆的面前才會稍微端莊一些。

而且說話也不會像個男孩子，而是表現得像個淑女似的。

另一位病人比我大一歲，名字叫作史特菈。

她總是躺在床上。

肺部及心臟有著先天性疾病的史特菈，只有我在的時候才會展露笑容，所以我會盡可能待在她身邊。

我曾經兩度看過史特菈痛苦的模樣。

她會發出令人不忍的呻吟。

「好難過……好難過……」

她流淚呼喊，咳嗽吐血，痛苦掙扎。

「不要看我……到別的地方去……」

在伊莉亞用了止痛劑之後，情況總算好轉起來，但史特菈似乎相當不想要讓我看到這樣的情景。

我們之間就此出現了無形的隔閡。

隔天起，我就再也沒有看過她的笑容。

令人落寞。

我想也是無可厚非。

史特菈當然不希望患病。

她雖然和我一樣得到了生命，充滿痛苦的住院生活跟頑皮又任性的生活，實在是相差太過懸殊了。

我這麼覺得。

像我這樣試管出生的人能活得自由奔放，為什麼史特菈卻得不到自由呢？不由得令我感到不可思議。

後來史特菈開始失眠。

似乎是害怕一閉上眼睛，那小小的刺痛感就會集中起來。

我學著伊莉亞在我小時候為我做的那樣，在她的床邊為她唸故事書。

可能是因此鬆懈了緊繃的心，史特菈又微微露出了笑容，並安心地睡著。

我每天晚上都這麼做，而我與史特菈的關係也就逐漸和好了。

「謝謝妳……」

史特菈誠摯地跟我道謝，並用她那沙啞的聲音如此說：

「卡特莉奴，妳可以當我的好朋友嗎？」

「願意跟這樣的我……」

「當然了……」

我與史特菈互相看著對方。

不知不覺間，兩人的眼中都浮現淚水，滴下豆大般的淚珠。

我感到好開心。

從此以後，我們無話不談。

庭院盛開的花、躍上湖面的魚、家人等。

「聽說我有二十九個姊姊，一個哥哥……雖然我只見過伊莉亞姊姊而已。」

「我有爸爸跟媽媽，還有個『同名的姊姊』……雖然也是從來沒見過面。」

同名的姊姊？

我不懂其中意義，但想到史特菈並不孤單，就稍微放心了。

可是為什麼從來沒有見過面呢？

可能是用藥有效，史特菈的病情逐漸有好轉的跡象。

然而過了半年之後，某一天，史特菈又因為劇烈疼痛而苦不堪言。

連止痛劑都沒有效果。

伊莉亞叫我離開病房。

我什麼忙都幫不上。

伊莉亞馬上就為她進行緊急手術，當天直到早上都沒有回來。

我則是整個晚上都在唸故事。

雖然寢室內只有我一個人，我仍然流著眼淚，拚命唸著故事。

我為自己的無能為力感到失望。

眼看好友史特菈如此痛苦，我能做的卻只有在自己的床上唸故事書。

隔天早上，伊莉亞的手術似乎成功了。這當然不會是因為我的願望通達天聽的關係吧。

伊莉亞做的是稱作「再生醫療」的手術，好像是利用史特菈的細胞做出新的肺和心臟後，再為她移植。

但是史特菈本身因為有先天性疾病，據說仍處在不知何時會復發的狀況中。

「所以，卡特莉奴……妳再常常去陪史特菈喔。」

「我知道了。」

史特菈的狀況一天比一天好轉。

真是令我開心。

後來，史特菈便康復到可以和我一起上小學的程度。

那是MC-0019年，史特菈五歲，我四歲時的事。

巨蛋外面有著猛烈的沙塵。

眼睛一直因為進沙而流眼淚。

外面的世界可能真的很可怕。

就在這時候，拉席得叔叔剛好來了，給了我一副護目鏡。

「這是馬格亞那克的隊長戴的護目鏡喔。」

我感覺自己一戴上護目鏡後，就有勇氣自內湧出——

MC-0022 NEXT WINTER

逼近的「白雪公主」揮出了光劍。

接著光熱的劍就刺進我駕駛的氣墊船中。

駕駛艙嚴重損毀。

我在前一刻就跳往紅色的沙漠，跌坐在沙丘上。

我回頭確認被破壞的氣墊船。

機庫沒有受損。

「太好了，果然是打算完整回收普羅米修斯……」

我低聲自語，並冒著猛烈吹拂的沙塵暴，向著馬格亞那克的隊長機前進。

護目鏡保護了我脆弱的眼睛及心靈。

這架叫作「拉席得」的隊長機，駕駛艙可以換成手動操縱。

並且也可以從這架機體中遙控馬格亞那克隊。

沙塵暴就要過境。

「不好意思，容我抵抗一下！」

我坐進「拉席得」的駕駛艙內。

——密碼是「MAGANAC-8×5」喔，卡特莉奴小姐。

我心中浮現拉席得叔叔的聲音。

於是便將這組關鍵密碼輸入至子操作面板。

接著主螢幕一亮，「拉席得」就此啟動。

通訊頻道總算恢復了。

雖然雜音很重，但可以斷斷續續側聽到白雪公主與魔法師的駕駛員對話內容。

『收拾掉她了嗎？』

『不，她打算啟動ＭＤ吧。』

答得好。

不愧是我景仰的人。

我操作側邊面板，喚出虛擬鍵盤。

這是種鋼琴鍵盤型的ＭＤ控制裝置。

我輸入了以譜寫出「天方夜譚」的林姆斯基·高沙可夫為師的某音樂家名字。

「妳喜歡謝爾蓋·普羅高菲夫嗎？他作的『彼得與狼』不錯，『羅密歐與茱麗葉』也很動人呢。」

不過我喜歡的是公認的難曲「鋼琴奏鳴曲」。

又稱作「戰爭奏鳴曲」。

「那麼，就用『第七號鋼琴奏鳴曲』來應付他們吧。」

我開始演奏「操縱」。

馬格亞那克隊隨著這首曲子開始行動。

『喂喂，他們開始動了喔！』

『你從左翼衝……我從右側往中間進攻。』

『要跟四十架ＭＤ為敵，還是挺吃力的啊！』

『一個人分二十架……你父親可是閉著眼睛都辦得到。』

『哼，好啊！就做給你看！』

這兩人的對話讓我笑了出來。

既然如此，我也有方法應付。

「白雪公主就配上七個小矮人！」

我加快了演奏的節奏。

「魔法師則是用魔鏡！」

我曾經在紀錄影片中看過從前一架叫作「地獄死神鋼彈」的ＭＳ，在地球的布魯塞爾揮舞著那把像是大鐮刀似的光束鐮刀。

那架機體有著詭異蝙蝠翅膀，名副其實就像個「死神」。

那光束鐮刀的破壞能力超乎想像。

是架會以弧狀動線接近的危險機體。

有必要派出ＭＤ，以接連不斷的波狀攻擊方式發射實彈應付。

「戰爭奏鳴曲」的演奏時間大約是十八分三十秒。

馬格亞那克隊ＭＤ在這段時間內能否撐住，將是決定勝負的關鍵。

七架精銳機包圍了白雪公主。

剩下的三十二架就以「鏡射追蹤」編程，採近身肉搏的方式挑戰魔法師。

我不覺得這樣就可以獲勝，但應該是場打起來不至於輸的戰鬥。

我的計算得出如此結果。

魔法師並沒有避開射向他的數百發實彈。

他漂亮地舞動手中光束鐮刀，轉瞬間便破壞了實彈。

其身邊盡是閃光、爆炸和爆風籠罩著。

魔法師作勢直直往前進，又忽左忽右地移動。

那受到狂風吹起的黑色斗篷，同時給人詭異及優雅的印象。

他似乎打算依計畫從左翼進攻。

但是三十二架馬格亞那克隊搶先一步，往右移動，擋在魔法師的正面位置上。

『這些機體是怎麼回事……？』

魔法師的駕駛員迪歐．麥斯威爾因為ＭＤ出乎意料的行動而慌了手腳。

「鏡射追蹤程式」確實發揮了作用。

讓ＭＤ採取不合常理的攻擊模式是戰術的常理。

我預計不管迪歐．麥斯威爾是多麼優秀的駕駛員，也應該要花上不少時間才能識破其行動模式。

白雪公主的駕駛員希洛．唯正冷靜地對付眼前七架精銳部隊。

『…………』

雙方僵持不下，一動也不動。

這七架前去應付的馬格亞那克，是各自專精光束砲近距離戰、光劍肉搏戰、附加自動追蹤功能實彈的中距離砲支援機、預先擾敵引誘用突擊高速機、重裝型防禦機的機體。

每架均保持在對方一旦行動，就會立刻陷入混戰狀態的距離。

吹向那白色斗篷的沙粒打出了一陣陣火花。

藍白色的光芒隱然給人像是鬥氣的感覺。

白雪公主突然在轉瞬間消失在現場。

難道是進攻了？——正這麼想時，卻並非如此。

希洛．唯的機體高高地跳在空中，身手就像是要弄底下的七架ＭＤ似的，轉動數圈後向後退去。

我方七架正要順勢追上去，但我動手調慢節奏，下達了牽制的指示。

這場仗的目的並非得勝。

『卡特莉奴，妳不是想要這架機體嗎？』

希洛．唯打開通訊頻道，出聲向我挑釁。

「嗯，當然。」

我保持著距離如此說。

「但是你應該不會輕易讓給我吧？」

趁這時候，準備攻擊另一個目標。

我必須設法解決掉這戰場上最棘手的對象。

就是那位特地將「無名氏」這麼棒的稱呼，改成可笑名字「特洛瓦・弗伯斯」的他，必須先摘除才行——

MC-0020 NEXT AUTUMN

小學名叫「聖米涅娃學園」，校舍老舊，當然也是位在星球改造計畫下建造的巨蛋中。

因為是由第一批移居火星的民眾所創立，學校已有相當的歷史。

那是所恬靜的小學，但其附近的小型火星聯邦軍港發出的噪音則稍微擾人。

我跟史特菈都編在同一班中。

雖然身邊同學的年紀都比較大，但我還跟得上課程。

念書只能算是盡義務，並不能說是有趣。跟班上同學談話還好玩多了。

大家都很照顧身形嬌小的我。

史特菈雖然不多話，也跟大家處得不錯，還交了幾個要好的朋友。

我最喜歡的是體育課。

但是我對總是只能在旁邊看的史特菈感到愧疚。

有一次，在旁觀看的史特菈突然就倒在體育館的角落。

我趕緊聯絡伊莉亞到學校來。

可是前來的卻是大型救生艇，將史特菈從軍港運送到大都市的中央醫院。

我與伊莉亞除了目送救生艇離去，無能為力。

「大約兩個星期前，跟史特菈『同樣名字的姊姊』因為受到戰爭波及，呈現腦死狀態。」

「腦死？」

「以前也叫作植物人。」

伊莉亞難過地閉上眼。

「為了幫助史特菈，就決定讓這個『同名的姊姊』捐獻器官出來。」

「那史特菈就有健康的身體了。」

「嗯，應該是……真是諷刺呢，本來她才是『備用品』啊……」

伊莉亞難過地如此小聲說。

到底是怎麼一回事，我完全聽不懂。

「史特菈已經夠痛苦了……這樣的發展也好。」

幾個月之後，史特菈回來了。

她的氣色很好，人也變得活潑起來。

「卡特莉奴，我身體好了！空氣真是太清新了！醫生說我可以上體育課了！」

她展露的燦爛笑容是我從來沒有看過的。

「而且父親跟母親都對我好好，我好幸福喔！」

她實現了願望。

當時我真心替她感到高興。

後來史特菈沒有再回到「溫拿醫院」，而開始從自己家裡上學。

史特菈的家似乎是有錢人家，家中住了幾十個接送的司機和傭人。

慢慢的，我感到史特菈和我的距離漸行漸遠。

我自己還會主動跟和她交談，但總覺得她開始對我冷淡起來，讓我難以親近。

這比之前感受到的隔閡還要強烈，用疏離感形容會比較貼切。

驀然發現，午休時間只有自己一個人的時候變多了。

有次在走廊上聽到教室中幾個女孩子的談話內容。

「難怪成績會那麼好。」

「她連跳了兩個年級不是嗎？」

「我記得她不是『備用品』嗎？」

「不會吧，『備用品』可以上學？」

「她家有的是錢，能使鬼推磨呀。」

聽到這些話，我心想是在講史特菈。

「等等！要是說出這種事的話……」

我一進教室，看到大家正簇擁著史特菈，聽她開心地講話。

其他女孩子的目光避開了我。

只有史特菈直直盯著我看。

「妳好啊，卡特莉奴。」

「剛才是在講誰？」

「……有講什麼嗎？」

是嗎，原來是在講我……

畢竟我是溫拿家的么女，又是個藉由試管出生的人。

從這時候起，史特菈和班上同學就越來越疏離我了。

對史特菈來說，我或許曾經是她的第一個好朋友，但現在則排到了第三十個或第四十個好朋友。

所謂犧牲少數人讓多數人可以得到幸福，那是正確的。

但前提是少數派的我要能接受。

我開始覺得去學校很無聊。

那只是念書的地方。

我開始在休息時間去圖書館看書。

也看了歷史類的書。

我以自己的方式整理在過去ＢＣ、ＡＤ、ＡＣ時代中，人類有過多少的功過。

漸漸的，我了解到這個世間——

帶著冰冷的感覺。

「備用品」的意思，指的是富裕階級的人家在合適的醫療設施中預先準備，當作「備用零件」的「複製人」。當自己在罹患重病時，便有了提供器官的來源。

富裕階級的男女，稱這種人為「同名的弟弟（妹妹）」。

而以史特菈而言，因為她「同名的姊姊」成了植物人，就反過來移植心肺到她身上，一反自己原本的「備用品」立場。

她以前不能和家人一起生活，現在再也不用受這種苦了。

她的身體變得健康，得到了真正的「自由」。

真是值得令人高興的事不是嗎？

正是我衷心期盼的事呀。

我自己的立場原本也就跟「備用品」沒什麼兩樣。

我決定笑容以對。

經過幾天，露骨的惡整行為變多了。

沒人肯和我說話，會在我座位上的電腦塗鴉跟破壞，或把我的體育服藏起來。

可是我仍然表現出一副開朗的模樣。

「卡特莉奴，你總是露出燦爛的笑容……真是個開朗的好孩子呢。」

老師們也如此稱讚我。

不知不覺間，我開始覺得讓那些人安心也是很重要的事情。

班上的氣氛並不差，而我不抱怨、不起爭執的話，在這間「聖米涅娃學園」便可相安無事。

我努力告訴自己不要有願望。

並不是我想否定神，只是我自己感到害怕，害怕我的心願會實現得太過頭。

我曾經以為宇宙應該是具有「心」，會運作其「意志」。

或許史特菈的事只是件偶然，即使如此，我仍然感覺到絕不能祈願自己幸福。

當天下午，我正一如往常地準備回家。

但是我的護目鏡不見了。

又是有人惡作劇藏了起來。

去問史特菈他們的話，應該也只會說不知道。又沒有朋友可以幫我一起找，我就決定算了，直接回家。

巨蛋外的沙塵多到會讓人流眼淚。

我流下了一滴滴的淚水。

說實話，這時候我的心中，已經隱然開始厭惡起這間學校的所有人。

甚至可能還覺得全都消失好了。

很唐突地，高舉「反聯邦」旗幟的叛亂軍攻擊了火星聯邦的軍港。

那是由氣墊登陸艇及五架Mars Suit組成的奇襲行動。

疏忽的火星聯邦軍瞬間就遭到壓制。

一定是沒有人設想到會有人進攻這樣偏僻的軍港吧。

雖說如此，聯邦軍仍動員起附近的所有基地，打算全力反擊。

學生受到指示，不可離開校園，必須進入校內的防空洞避難。

我正準備回到學校所在的巨蛋內，卻已經緊急封鎖了起來。

只能默默地抬頭看著走在附近的巨大人型兵器。

附近聯邦軍的支援部隊已經陸續到達。

Mars Suit的實彈射到了學校的巨蛋。

巨蛋立刻遭到破壞，接著又有飛彈往裡面擊發。

我無法分辨那到底是叛亂軍的飛彈，還是聯邦軍的飛彈。

老舊的校舍化為一片火海。

難道願望又實現了嗎？我真心感到後悔。

離校舍略有一段距離的地下防空洞也中彈了。

我聽到裡面傳出驚叫聲。

一定有不少學生跟老師喪命了吧。

我想戰爭最大的錯誤，就是跟戰爭無關之人卻非自願性地遭到殺害。

在我心中，對自己還活著一事感到強烈自責。

我心想一定要去救他們才行。

想要盡可能多救一個「寶貴的生命」。

於是奔向一片火海的校舍。

校舍隨著一陣巨大的聲響而瓦解在我的眼前。

再次悔恨自己的無能為力。

我不經意往腳邊一看，看到我的護目鏡就掉在旁邊。

就為了這種東西被藏起來，又不是自己會死掉，居然就恨起了學校的人。

對於自己或許有一瞬間想到「全部都消失吧」而感到後悔。

我撿起護目鏡，跑在戰場上。

叛亂軍的五架Mars Suit開始往這邊前進，並不時砲擊。

這時，有一架Mars Suit就倒在我的前面。

我想是因為中彈無法動彈而被棄置的機體。

上面或許有什麼可以用的武器。

我想要盡自己能力幫助學校裡的人。

一心這樣想的我，打開了駕駛艙的艙蓋。

外側的鎖只有簡單的安全機制而已，我一下子就解了開來。

令我感到驚訝的是，駕駛員還坐在駕駛艙裡面。

是個聯邦軍的年輕士兵，整個人還在驚惶失措。

「辦不到……我辦不到……」

他渾身發抖，還失禁了。

我甚至也可憐起這個人了。

我望向內部的顯示器，不論能源表或配備的武裝都還在可以應戰的狀態。

「我不行……我不可能行的！」

「我可以代替你嗎？」

「咦？」

我沒有駕駛過Mars Suit。

但是我想不出其他方法。

「不要鬧了，妳這樣一個女孩子……」

「可以的，我來做做看。」

我進到駕駛艙中。

年輕的士兵往外退去並說：

「這架機體已經登記了我的活體反應，其他人是不可能操作——」

我動手操作電腦，清除了登記在其中的所有資料。

「這樣我就可以操縱了。」

接著我從鉛筆盒拿出晶片，將「描繪記憶」載入到電腦中。

我從幾個人物選項中，選擇了「卡特爾．拉巴伯．溫拿」。

這是留在「溫拿醫院」資料庫中，很久以前的戰鬥資料，我將之複製下來。

區區Mars Suit，這個人應該可以游刃有餘地操縱吧？

我的直覺這樣告訴我。

「我要啟動了！請離開！」

我戴起護目鏡，操縱Mars Suit站了起來。

一股勇氣頓時湧出。

「出動！」

我朝向逼近的叛亂軍Mars Suit前進。

作戰時，一心只想著讓這些人不要靠近學校。

可是卡特爾擅長的似乎是肉搏戰。

我拉出其慣用的間距。

對手看來對我的行動不知所措。

出現了一瞬間的破綻。

我立刻發動突擊。

鑽過對方發射的實彈後，我奮力拔出光劍斬向手持火箭砲瞄準的Mars Suit。

發生爆炸。

駕駛員恐怕死了。

但是他們既然要上戰場，應該都已經覺悟到會死亡才是。

他們跟學校裡的人不一樣。

「明明就身負著比我還要寶貴的生命！」

我這麼吶喊著，並回頭轉向從背後進攻的Mars Suit，從肩口斜劈下去。

「你們不戰爭就不會有事了！」

不知何時，我兩手各抓著一把光劍，同時打倒了三處的Mars Suit。

渾然忘我。

我感到呼吸急促。

於是我關閉了描繪記憶功能，抽出晶片。

「…………」

當我把護目鏡放下掛在脖子上時，還是流下了眼淚。

我的胸口及內心都好沉痛。

五個靈魂的消失，讓我感到痛心。

我覺悟到自己沒有辦法再回到普通的生活了。

也了解自己不能再回到學校。

過了一陣子，聯邦軍的增援部隊即到達現場。

我在這之前就已經離開Mars Suit駕駛艙，跳到一旁的瓦礫堆上，揚長而去。

就聯邦軍而言，我犯下了擅用軍用Mars Suit的重罪。

就叛亂軍而言，我是殺了他們五個同伴的可恨仇敵。

我並不後悔自己的行為，但我認為自己應該要逃。

這或許很矛盾。

我有種必須連同亡者的份一起活下去的想法。

逃亡的路上，我不斷鞭打著就要崩潰的心，催促自己繼續奔跑。

我想要再見到伊莉亞。

但是一想到日後會帶給她多少麻煩，便惶惶不安。

我受到了想要就這麼消失在什麼地方的衝動驅使。

卻又湧現想再見最後一次面的想法。

回到家，看到伊莉亞身邊站了銀髮的中年紳士和長瀏海的學者型男子。

「妳回來啦。」

伊莉亞一如往常地迎接我。

「嗨，妳就是卡特莉奴嗎……」

我馬上就知道這個攀談語氣開朗又爽快的人就是卡特爾哥哥。

我現在還能這樣好端端地活著，都是靠他的戰法幫忙。

而會轉瞬間奪走五個靈魂，也是因為他。

「嗯，果然跟母親很像呢。」

「首戰就打倒了五架Mars Suit，還真是不得了的千金小姐……」

學者型男子嘲諷似的說。

「要當我們的同伴是毫無問題了……」

「要褒要貶都跟我沒關係。我只是用了『描繪記憶』而已。」

「也是。不過，最好不要再使用那玩意兒了……多玩個幾次，妳就會失去覺悟感和責任心。」

「……覺悟感和責任心……」

我開始討厭起說出藉口的我。

我想要拯救學校裡的人。我想要消弭戰爭。

那時候明明是真心這麼想。

「卡特莉奴……妳活得自在嗎？」

「哥哥又是如何呢？」

「這個答案，我或許要追尋到死去的那一天……不過我想只要我還活著，總有一天還是會找到的。」

或許真是這樣。

沒必要現在就下結論。

重要的不是結果，而是過程。

「哥哥要接收我嗎？」

我的生命可以隨意處置。

「如果妳願意到我們那裡去的話……」

我的生命在這宇宙中並不貴重。

為了大多數人的幸福，我必須奉獻自己。

「就麻煩你們了……」

這就是我背負的人生。

「多指教了。還有，我現在叫作『W教授』。」

「我是博士……叫我T博士吧。」

「妳要飛出巢箱獨立。」

伊莉亞將小提琴交給我，如此說道。

「妳是這世上唯一的卡特莉奴．伍德．溫拿……」

而不「自重」，正是我的「自重」。

「要是覺得太操勞，就回來這個家吧……」

伊莉亞流著眼淚，溫柔地跟這樣的我道別——

MC-0022 NEXT WINTER

我不斷地演奏。

我彈著鍵盤，瞄準了特洛瓦追擊而來的氣墊船，發射大型實體飛彈。

氣墊船「奧德哈曼號」隨之沉沒在沙海之中。

感覺很不踏實。

「讓他逃了……」

冷靜判斷後，就可以知道那個特洛瓦．弗伯斯不可能這麼簡單就被打倒。

他應該有算到我剛才的攻擊吧。

但是他立刻反擊的機率不高。

當下的問題是「白雪公主」和「魔法師」。

ＭＤ馬格亞那克隊的機數已經少了好幾架。

「都還不到十分鐘呢——」

演奏才剛進入第二章。

然而已經有一半機體陷入無法再戰的狀態。

「我的判斷太天真了……」

對方展現了無與倫比的實力。

就在感覺瞬間有陣閃光時，就有一架ＭＤ化為被斬開的狀態。

「不，也還不算天真。」

應該要說成功撐到了十分鐘。

「希洛．唯」和「迪歐．麥斯威爾」。

果然是不能小看的人。

要是這兩個人可以合作無間，那自己肯定會束手無策。

我看著過去的戰鬥紀錄，為那絕妙的合作行動而感到戰慄。

過去的那兩個人，戰法是會同時轉換攻擊與防禦這兩種行動互相輔助，盡可能減少裝備的消耗。另外還會準備二到三重，甚至四重的致命攻擊方式。

他們給人一種在戰場上建立起彼此截長補短行動的印象。

目前在前方戰鬥的「迪歐」，並不是過去紀錄所顯示的「死神」，這點可說是我運氣好。

就戰術而言，以多數攻擊少數時，採用包圍殲滅的戰法會是正確選擇。

四十對二的戰力比自然該如此規劃，可是我卻故意將部隊二分為二十二對一及七對一。

因為我完全了解到，若放任白雪公主和魔法師在同一個戰場上，到時雙方將會知悉彼此的習慣和目標方向，不用多久就會開始合作行動。

所以我必須高估他們兩人的戰力。

就算是少數，也要分成兩邊各個擊破。

我覺得這是最妥善的戰術，就算是會無視戰術教條。

雖說是精銳機體，但我也不禁認為用七架對付希洛．唯實在太少了。

但是考慮到迪歐「魔法師」身負的破壞力，這樣的分配應該還算恰當。

「鏡射追蹤程式」會即時分析對手的動作，並以左右相反的方式模仿其行動。

若是魔法師採用近距離戰方式進攻，那也就只能覺悟會同歸於盡而跟著進攻。

這在避免ＭＤ的最嚴重缺點——誤擊同伴的問題上，也能發揮功效。

還有個優點，就是可以應付迪歐常用的隨興攻擊。

『喂！』

嚴重的雜音中傳出迪歐的呼喚聲。

『嘿，有沒有聽到！這跟剛才說的不一樣吧？』

白雪公主漂亮地跳躍，留下悅目的光亮藍白色粒子殘影，繼續輕鬆閃躲著數量堪稱無數的追蹤飛彈。

『不是一個人分二十架嗎？我都已經打倒二十七架了耶！』

希洛．唯冷靜地回答：

『是二十四架……』

『嘖！有空去數別人打倒了幾架，就來幫忙啊！』

『囉唆……我現在很忙。』

我可沒有自信到能讓希洛．唯前去幫忙迪歐。

便繼續讓七架精銳機以波狀攻勢發射追蹤飛彈，並持續採圓弧移動擾亂對方。

接著就讓他們逐漸縮小相對距離，執行封鎖其行動的戰術。

這看起來就像是在白雪公主身邊熱烈跳舞的七個小矮人一樣。

但是我卻大意了。

我看著希洛．唯的操縱技術，不知不覺入了迷。

如果有再多讀取些資料的話，應該就會馬上發現到，希洛・唯和白雪公主不可能會做出那般無謂的動作。

我太晚察覺了。

就在「戰爭奏鳴曲」的第二樂章演奏完畢，要進入最後樂章的時候——

突然間，「拉席得」停下了動作。

螢幕上的虛擬鍵盤消失了。

「！」

同時，馬格亞那克隊也停止不動。

樂曲還有三分三十秒才會結束的呀。

可惜的是，已經來不及了。

接著，駕駛艙的艙蓋就遭人從外部強制開啟。

我以前用在進入Mars Suit的方法，現在用回到我自己身上了。

明明安全機制比當時強上數百倍，真不愧是前恐怖分子呢。

拿起手槍瞄準的弗伯斯就站在我的眼前。

希洛・唯是為了不要讓我發覺弗伯斯接近並解開安全機制，才會駕著白雪公主誇張地行動，漂亮地舞動身姿。

他們在我不知道的地方，完成了出色的合作行動。

弗伯斯用認真的表情說出玩笑話：

「遊戲到此為止……」

他的視線依然冷淡。

跟我第一次看到他時沒有兩樣。

「不用鼓掌……因為還剩下第三樂章沒有演奏。」

我回看了頭上仍戴著護目鏡的弗伯斯一眼——

MC-0022 FIRST SPRING

自從我在克里斯的馬戲團帳篷中接受監護後，過了一年的時間，來了一位叫作

「無名氏」的少年成為新同伴。

「無名氏」的眼神中帶著一種悲傷，有著放棄了世上一切的冷淡感。

我覺得這感覺跟我很相似。

我演奏了自己擅長的表演曲「天方夜譚」給他聽。

當T博士給了他「歸所」時，他選擇了「第三條路」。

接著，「無名氏」用我的小提琴演奏「無盡的華爾滋」。

我感覺心中的那股孤獨感，彷彿就這麼不藥而癒了。

他那帶有吉普賽風格的演奏有種放克感。不過越是活潑，越是讓人感到一股悲苦的鄉愁。

跟「無名氏」在一起，我會有種和他分擔了自己那受詛咒命運的感覺，令我忘卻了寂寞。

但是他應該不會有這種感覺吧。

只是我自己單相思而已。

如果可以，我希望永遠跟他在一起。

但是他馬上就與凱瑟琳出發，前往地球圈。

我才剛與他相識呀——我的心中因此產生缺口，風透過了我的心。

枉費我將「天方夜譚」練得比之前還要拿手。

接著過了一段時間，許久不見的伊莉亞捎來聯絡。

——我有事要請卡特莉奴幫忙。

她傳來了如此訊息。

達成所有的課題，正感到無聊的我，在得到W教授的許可之下，馬上就動身前往「溫拿醫院」。

到了醫院，伊莉亞要我幫忙的事，就是將瑪麗涅·德利安帶去見「莉莉娜」這個女孩。

「喔，莉莉娜·德利安！」

我現在才赫然想到。

那著名的火星改造計畫功臣，就是德利安婆婆的女兒。

仔細想想，這或許也是理所當然。但實在無法想像冷凍睡眠的莉莉娜，其母親居然還活著。

而我也沒想到那位小姐會有再醒來的一天。

「妳過得好嗎，莉莉娜？」

德利安婆婆這樣喚著我說。

「我是卡特莉奴喲，德利安婆婆……」

「我的腰和腿都變得好虛弱啊……」

雖然坐在輪椅上走動，但她仍跟以前一樣是個氣質高雅的老婦人。

聽伊莉亞說，她大概無法再自行用腳站立了。

據說是由於長期的住院生活及火星的引力，讓她的肌肉及骨頭退化。

當戴著面具的莉莉娜成為火星聯邦總統大選的候選人時，不只我，所有人都感到一陣驚訝。

但聽到她在選舉時公開宣誓這番話：「如果我當選的話，就會取下面具——」

我心想或許真的是本人。

實際上，她拿下面具後的面孔，確實就是我在過去紀錄中看到的莉莉娜。

然而即便如此，也並非就是不容置疑。

容貌可以用整形變得相似，也不能否定有複製人的可能性。

可是我認為，再怎麼樣也騙不過養育之親的眼睛。

就算德利安婆婆跟我一樣都錯認了，偽裝者本身應該也會感到動搖，隱瞞不住真相。

我帶著德利安婆婆出發到火星聯邦的首都：莉莉娜市。

當天，盛大舉行了新總統就任的慶祝會。

我與坐在輪椅上的德利安婆婆在路上，默默地目送莉莉娜搭乘的禮車沿路通過的景象。

禮車經過我們數公尺之後，突然停了下來。

「媽媽！」

莉莉娜總統撥開隨扈阻止的手，露出少女般的表情直奔而來。

「媽媽！我是莉莉娜！」

就在這時——

我眼前發生了奇蹟。

「莉莉娜！」

德利安婆婆從輪椅上站了起來。

少女及其養育之母流下淚水，相互擁抱。經過了幾十年，她們終於再次相會。

「對不起，莉莉娜……都是不我好，妳一定很想我吧？」

「不會的，媽媽……莉莉娜很高興能這樣跟媽媽重逢，心中充滿了感謝。」

我只是靜靜地站在一旁看著。

而我直覺地認為，她不做作的表現和她們兩人的眼淚是裝不了的。

這兩人確實就是瑪麗涅・德利安和莉莉娜・德利安。

然後，我一時忘卻的感覺又回來了。

我想起伊莉亞也曾經那樣子緊緊抱過我。

有人愛的感覺。

愛人的心──

我忘得一乾二淨。

就只是這片刻景象，卻讓我好想向眼前的兩位德利安道謝。

當天晚上，我到了總統官邸接受款待。

雖然是火星上地位最高之人物所款待的餐點，但我享用的卻是相當樸實，猶如家庭中常見的晚餐。

「還麻煩您專程帶我母親過來……非常感謝。」

「不敢，要道謝的人是我。」

餐桌上除了德利安婆婆，還有一對比我稍微年長的姊弟。

這兩人是莉莉娜的姪子及姪女，聽說是異卵雙胞胎。

有著一頭美麗金色長髮的姊姊，名叫娜伊娜．匹斯克拉福特。黑髮而文靜的弟弟則叫作米爾．匹斯克拉福特。

娜伊娜眼神尖銳地向我問道：

「卡特莉奴．伍德．溫拿……妳雖然身為名門子女，卻似乎做過許多冒險的行為呢。」

看來我的底細已經全都讓他們調查清楚了。

「就我的見解而言，是覺得那些算是義工性質的活動……」

就在我這麼說出口時，米爾嘻嘻地笑出聲來。

「況且若要說冒險，莉莉娜總統的『完全和平主義』不是還更加危險嗎？」

米爾忍不住失笑出聲，但又繼續努力忍著。

「這並不可笑啊，米爾！」

娜伊娜訓斥了忍住不笑的弟弟。

「我可沒辦法對妳剛剛說的置之不理……妳居然會將莉莉娜大人崇高的理想和妳的恐怖行動放在一起比較！」

「娜伊娜，卡特莉奴小姐所言也有道理。請她繼續說下去。」

莉莉娜總統淺淺地露出了微笑。

「那麼就容我斗膽直言了。火星聯邦既然要舉起『和平主義』的旗幟，就絕對需要地球圈統一國家當作後盾！」

「這點我們無法接受。」

對方直截了當地回答。

「火星聯邦是獨立於地球圈的……這點希望妳不要忘了。」

「但這是為了維持和平！」

「妳想說的是，要有像『預防者』這樣滅火用的祕密組織是吧？」

我的話被娜伊娜打斷。

「問題是，實際上這樣就不算是完全的和平了吧？」

年輕總統深深地嘆了一口氣。

「我想，我的那些老朋友恐怕現在都還在從事那樣的活動。」

她的眼眶甚至泛出了淚水。

「他們曾經說過『我的命不值錢』，還有『戰爭就交給低賤的我們』之類的話……」

語氣也因激動而發顫。

「但這樣一來，他們的幸福又該怎麼辦呢？要一直活在陰暗的世界，不是很辛苦嗎？我認為真正完全的和平，就是要讓他們那樣的人都消失了才算有意義。」

基於少數人的犧牲而使多數人獲得幸福，這在道德上沒有問題。

但前提是，那少數的犧牲者要能夠接受。

「我可以接受。如果大家可以得到幸福，要我怎麼樣都……」

因為不「自重」，正是我的「自重」呀。

「走到陽光下吧，卡特莉奴……妳與我有什麼不一樣嗎？妳不需要再背負什麼苦楚了……」

「……可是我……」

這時米爾起身，輕輕地走到因為一時語塞，說不出話的我面前。

他露出猶如天使般的笑容，伸出雙手捧起我的臉。

「……咦？」

我想我的臉頰一定紅了。

米爾拿下我的眼鏡。

「看，果然……」

他筆直注視著我。

「妳的眼睛比地球還要美麗呢。」

然後將小提琴放到了我手上。

「…………」

米爾沒有再說什麼。

他似乎原本就是個沉默寡言的人。

雖然感到害羞……不，正因為感到害羞，我遂拉起手中的小提琴。

我演奏的是即興曲風的「聖母經」。

米爾則是靜靜地吹起橫笛，為我演奏的旋律伴奏。

一開始我還戰戰兢兢，但慢慢地大膽了起來。

我看向他的眼睛。

他一樣帶著溫柔的微笑。

柔和的眼神令人目眩。

而沉默寡言的米爾所吹奏的橫笛樂音，卻是千言萬語。

他色彩豐富的演奏，不斷地要我跟著他往前再往前。

我拚命演奏，以跟上他的節奏。

當他演奏到小三和弦時，我突然感受到有股柔和溫暖的感覺抱住了我。

那就好像在跟我說「來，跟我走」似的。

當我心想總算跟上他的時候，他的節奏頓時慢了下來。這就好像在背後推我一般，以他的橫笛搭配我小提琴的樂節。

彷彿在對我說：「你先走。」

我鼓起勇氣，開始帶領他走。

我像是讓人脫光了衣服跳舞般，害羞地拉動手中的弓弦。

但是我很清楚，自己的情緒相當高亢。

不知不覺間，隨心所欲演奏的自由化作了快感。

我這時才猛然一驚，發覺米爾已經放下橫笛在一旁微笑著。

我是在獨奏。

我一時興起，在樂曲中插入了「天方夜譚」及吉普賽的旋律。

我已經不再感到害羞了。

這段獨奏，就像是在跟對方說「這就是我」的自我介紹一般。

接著就將主旋律交給了他。

我以眼神和下巴傳達：「接下來就拜託你了。」

他點點頭表示：「交給我吧。」

米爾的演奏持續了十四小節。

那真是美麗又強而有力的樂音。

尤其在高音域更是清楚動人。

他那正直的人品在演奏中表露無遺。

當旋律走高時，他以眼神傳達了心意。

其吹奏的橫笛，彷彿在對我說：「就要到高峰了，我們一起來吧。」

我便以小調旋律從旁搭配他。

米爾可愛地對我眨了眨眼。

這次換他吹奏小調，由我來演奏主旋律。

雖然節奏快了數倍，但我們的演奏毫無遲疑，也未曾停滯過。

就這樣一而再，再而三，呈現出獨特螺旋成形的浮遊感，同時樂曲也達到了最高峰。

當樂曲到達絕頂之時，他故意放慢了節奏，讓「聖母經」的主旋律逐漸消逝在虛空中。

我因疲倦而有種輕微的暈眩感。

莉莉娜和娜伊娜、德利安婆婆都聽得感動流淚，並拍手表達謝意。

米爾也在拍手。

我開始又感覺到害羞。

他伸出手來，我便順著與他握手。

他的手感覺好暖溫。

這場二重奏是我最精采的演奏。

這一晚，就像是在作夢一樣──

MC-0022 NEXT WINTER

要到彈奏「戰爭奏鳴曲」最後樂曲的時候了。
但應該很難躲開特洛瓦．弗伯斯瞄準好的手槍吧。
我決定使用有點卑劣的手段。
想必他已經事先模擬了所有想得到的未來發展狀況。
如果不能超出他的預想，就無法渡過這次危機。
「弗伯斯……之前博士說過，我不像外表看起來那樣的和善。」
「不要動……也不要說話。」
我看了看手腕內側的手錶錶面。
再三十秒就會出現。

「雙手舉起來。」

我照著對方的指示做。

弗伯斯繼續向我下達命令。

「從駕駛艙出來。」

我靠著自己的意志力加快心跳。

「…………」

我的手錶會感應動脈的速度。

二十秒之後，手錶發出了閃光。

弗伯斯也無可避免地因眩光而瞇起了眼睛。

「……！」

我按下自爆開關之後，立刻撲倒弗伯斯。

「那頂帽子很適合你呢！」

我這麼說完，就用我的唇與他的唇相接。

這也算是我的初吻。

弗伯斯睜大了眼。

「……！……？……！」

這應該是遠遠超乎了他的預想吧。

在我落到沙漠的同時，「拉席得」自爆了。

「對不起了，拉席得叔叔。」

趁著爆炸，我改坐上半毀的氣墊船。

船上機庫載著未完成的「普羅米修斯」。

約定的時間到了。

一艘巨大的高速運輸艇來到上空。

連同我及「普羅米修斯」在內，這艘船艇把整艘氣墊船都收了進去。

娜伊娜及米爾正在駕駛艙等著我。

米爾的笑容一如往常。

娜伊娜的表情則是更加冷酷。

「加演曲就送給妳了。」

「了解。」

他們已經備好了虛擬鍵盤。

我開始彈奏「戰爭奏鳴曲」的第三樂章。

剩餘時間三分三十秒的戰爭開始。

殘餘的ＭＤ馬格亞那克隊再次向白雪公主及魔法師進攻。

為我們爭取到充分的逃離時間。

『讓他們乘心如意地逃走了……』

『……我設想得太過簡單……』

迪歐與希洛的對話斷斷續續地傳來。

我開始告別家人。

「掰掰，各位……」

我走了，卡特爾。

我走了，伊莉亞。

「對不起……」

接著我也順勢向米爾道歉。

「米爾，對不起。」

米爾吃驚地頭略略一偏。

「……？」

「為什麼要向米爾道歉？」

娜伊娜出口詢問。

這就不便當場說出來了。

初吻對象不是米爾這種事……

「咦？我可能講錯人了……」

於是便隨口敷衍過去。

但是我下定了決心。

要幫助莉莉娜達成完全和平主義——

《第四集待續》

AC年表

年	月	日	發生事件
AC0001			「後殖民紀元」AC曆制訂。展開建設殖民地。
102			人類最初的宇宙殖民地：L-1殖民地完工。 ※至AC100年時期，藉由DNA調整工程，人類已可在宇宙分娩，於殖民地出生的第一世代漸增。
133			為解決地球與殖民地之間的紛爭，成立了地球圈統一聯合。 創設聯合軍。
139			殖民地成立自治機構。
145			地球方面的使節團於L-1殖民地宙域遭受不明人士攻擊。
147			部分殖民地居民開始展開恐怖活動。聯合派遣軍隊至殖民地。
149			第二次移民時代到來。多數勞工湧入殖民地。
150			特列斯的父親，同時亦是殖民地的指導者希洛·唯的姪子，艾
174			聯合國宇宙軍開始建造移動要塞巴爾吉，並讓所有的經費全數由殖民地全體居民承擔，更加招致了殖民地的反感。
175	4	7	殖民地的指導者希洛·唯遭到暗殺。實行暗殺的是所屬於OZ的前身「聯合軍特殊工作班」的狙擊手，名叫亞汀·羅的人物。 特列斯的父親艾因·唯亦於同時發生的恐怖爆炸事件死亡。 開發MS托爾吉斯的五名科學家逃亡。此後托爾吉斯的開發便宣告中止。
176			指導者希洛·唯死後，於殖民地群的武力暴動開始頻發。聯合再度派軍至殖民地。
	8		初期型陸戰用MS里歐開始量產。開始開發中距離支援、間接攻擊型MS特拉哥斯。 米利亞爾特·匹斯克拉福特出生。
177	4		空戰用MS艾亞利茲開始量產。

因・唯出生。

152　特列斯的母親，安潔莉娜・克修里納達出生。

165　指導者希洛・唯登場。殖民地之間連帶意識高漲。

170　※艾因與安潔莉娜墜入愛河。AC170年代，薩伊德・溫拿以人工試管方式得到29位女兒。她們均接受過DNA調整，身體承受得了在宇宙分娩，成為溫拿家第一世代。

171　秋　特列斯・克修里納達出生。

172　特列斯的祖父，同時亦為羅姆斐拉財團代表，桑肯特・克修里納達去世。迪爾麥優・卡塔羅尼亞接替就任代理財團代表。

173　指導者希洛・唯發表殖民地的非暴力、非武裝獨立宣言，此宣言預計於兩年後實際進行採納，世人將此稱之為「宇宙之心宣言」。

特列斯的弟弟，凡恩・克修里納達出生。

羅姆斐拉財團著手開發MS。

180　山克王國的匹斯克拉福特王提倡「完全和平主義」。

卡特爾・拉巴伯・溫拿出生。母親卡特莉奴於產後即刻去世。

莉莉娜・匹斯克拉福特出生。

桃樂絲・卡塔羅尼亞出生。

182　山克王國在聯合軍戴高・奧涅格將軍的指揮攻擊下滅亡。米利亞爾特、莉莉娜下落成謎。

183　特列斯11歲，入學聯合軍士官學校。

185　秋　特列斯就任位於非洲大陸中央的維多利亞湖基地、OZ士官養成學校的初代教官。

186　於非洲大陸的摩加迪休發生叛亂。特列斯率領的OZ的MS部隊初次投入實戰。由士官候補生中選出五人參加戰鬥，其中也包括傑克斯及諾茵。

特列斯的弟弟，凡恩就任羅姆斐拉財團的代理代表副理事，成為財團實質上的中心人物。

被稱為「第一次月面戰爭」的「Ocean of Storms WARS（暴風洋

年	月	日	發生事件
186			會戰)」，ＭＳ之間展開了大規模會戰。相對於反聯合軍的80架ＭＳ，特列斯所率領的ＯＺ的ＭＳ僅45架。然而在最新銳ＭＳ里歐Ⅳ型（格萊夫）的活躍下，由ＯＺ宣告勝利。
			會戰終結的兩天後，載運了25具格萊夫的大型運輸機，以及傑克斯·馬吉斯、艾爾維·奧涅格兩名候補生一同失去行蹤。當時正要將格萊夫運往移動要塞巴爾吉。
	10	26	移動宇宙要塞巴爾吉完工。然而反聯合軍卻駕駛著搶奪而來的25架里歐Ⅳ型（黑色格萊夫）襲擊巴爾吉。特列斯的ＯＺ特務部隊被派遣並成功掃蕩反叛軍。
187			特列斯的弟弟，亦是羅姆斐拉財團實質指導者的凡恩·克修里納達遭遇恐怖爆炸攻擊而身亡。母親安潔莉娜·唯也同樣死於該場事故。
			孤兒迪歐（７歲）被Ｌ-２殖民地群Ｖ０８７４４的麥斯威爾教會收養。

年	月	日	發生事件
194			被稱作亞汀·羅Jr.的少年，於Ｌ-１殖民群爆破某所聯合軍士兵訓練所。當時不慎讓爆炸的里歐連同民間建築也一同破壞了。
195	4	7	部分殖民地居民實行了「流星作戰」。
			希洛與傑克斯初次交手。飛翼鋼彈墜海。
			希洛與莉莉娜相遇。
			鋼彈被確認有五架。
		8	迪歐回收了海中的飛翼鋼彈。
			德利安外交次長遭到ＯＺ的蕾蒂·安暗殺。
			於特列斯的策劃下，以諾邊塔將軍為首，集結於新愛德華基地的聯合國和平派幹部遭到飛翼鋼彈的掃蕩。
	5	20	「破曉作戰」發動。
			在ＯＺ的策劃下，地球圈統一聯合開始解體。地球全土納入羅姆斐拉財團的支配之下。
			被以殖民地作為要脅，飛翼鋼彈自爆。

188

Ｖ０８７４４殖民地發生反聯合政變。當時政變人士困守於麥斯威爾教會，以致於後來造成２４０餘名犧牲者。日後被人稱為「麥斯威爾教會的慘劇」。

被稱作亞汀·羅Jr.的少年，於Ｘ１８９９９殖民地遇見J博士。日後被賦予「希洛·唯」這個代號。

189

特列斯的女兒，瑪莉梅亞·克修里納達出生。

特列斯的妻子，瑪莉梅亞的母親蕾亞·巴頓去世。

191

莉莉娜11歲。以德利安外交次長的女兒身分邂逅了年輕時的傑克斯（米利亞爾特）。

192

「萬年和平號」級巨大宇宙戰艦完工。

迪歐·麥斯威爾開始與G教授以及清道夫集團共同行動。

193

特列斯·克修里納達就任ＯＺ總帥。

卡特爾自父親身邊離家出走。中途結識了以拉席得為首的馬格亞那克隊。

傑克斯·馬吉斯與希洛·唯於南極激烈對決。

傑克斯·馬吉斯因違反軍紀而被判公開處刑，然而卻下落不明。

蕾蒂·安擔任特使，開始對各殖民地展開懷柔政策。

「新星作戰」實施。

於月球生產的ＭＤ大量降落地球。於ＯＺ內部，特列斯派與羅姆斐拉財團派的戰鬥激劇化。

沙漠鋼彈於新加坡基地自爆。

四架鋼彈飛往宇宙。

溫拿家的資源衛星發生內亂。溫拿家的當家薩伊德身亡。

195

卡特爾製造出所有鋼彈的原型——飛翼鋼彈零式，並開始攻擊殖民地。

特列斯反對將ＭＤ投入戰爭，並因而下台。

以迪爾麥優公爵為中心的新生ＯＺ，與特列斯派之間的內部抗爭激烈化。

莉莉娜復興山克王國。

希洛自遭受軟禁的特列斯那裡接收了次代鋼彈。

ＯＺ的ＭＤ部隊對山克王國進行壓制作戰。

年	月	日	發生事件
			山克王國崩壞。
			莉莉娜就任羅姆斐拉財團代表，宣言成立世界統一國家。
			莉莉娜女王誕生。
			月亮女神革命實行。
			白色獠牙起義。米利亞爾特・匹斯克拉福特（傑克斯・馬吉斯）就任白色獠牙的指導者。
			巨大戰艦天秤座遭白色獠牙奪取。
			米利亞爾特向地球宣戰。
	11		留在宇宙的羅姆斐拉財團要人，困守於宇宙要塞巴爾吉。
			白色獠牙的司令米利亞爾特・匹斯克拉福特，僅以一架次代鋼彈便攻陷了巴爾吉。
			特列斯發動政變，重回OZ總帥身分。
			莉莉娜卸任羅姆斐拉財團代表。
	12	24	特列斯所率領的地球方面世界統一國家軍，與米利亞爾特率領的殖民地方面革命軍白色獠牙全面衝突。日後被世人名為「EVE WARS」。

年	月	日	發生事件
			瑪莉梅亞軍的德基姆・巴頓進一步實行讓L-3殖民群X18999墜落地球的作戰。這才是流星作戰的真正目的。然而卻在希洛、迪歐與特洛瓦的活躍下受阻。
			瑪莉梅亞軍讓470架MS白蛇降落地球。
		26	瑪莉梅亞軍鎮壓了歐洲・布魯塞爾大統領府。
			希洛的飛翼零式與五飛的二頭龍鋼彈，於靜止衛星軌道上激戰。
			預防者以及迪歐、特洛瓦、卡特爾開始對抗瑪莉梅亞軍。鎮壓成功。
			瑪莉梅亞軍的首謀者德基姆・巴頓身亡。戰爭告終。
			希洛・唯自冷凍冬眠甦醒。

196

特列斯與五飛對決身亡。享年24歲。
巨大戰艦天秤座的殘骸墜落地球，但在希洛的活躍下成功被阻止。
蕾蒂・安代替特列斯，與白色獠牙締結停戰協定。「EVE WARS」告終。
地球圈統一國家誕生。
舊白色獠牙一派，針對重要人士發動了恐怖行動。同時並實行鋼彈奪取作戰。
發生了以MD自動生產工廠衛星「火神」為中心的火神事件。
地球圈統一國家秘密情報部「預防者」的莎莉・鮑，發現漂流的合成金屬「新鈦合金」。
卡特爾將飛翼零式、地獄死神鋼彈、重武裝鋼彈改、沙漠鋼彈改裝於衛星，送往太陽進行廢棄。

12

24 莉莉娜・德利安外交次長於L-3殖民群X18999遭到綁架。
卡特爾得知瑪莉梅亞軍的動向，前往回收四架鋼彈。

25 瑪莉梅亞・克修里納達對地球圈統一國家宣部L-3殖民群X18999的獨立。同時並宣戰。

後記

有個跟凱瑟琳有關的情景，是她看著才剛碰面的特洛瓦・巴頓時，自言自語地說出：「不可思議的孩子……」這是在「新機動戰記鋼彈Ｗ」第二集的Ｂ部分。

在錄音時，飾演凱瑟琳的鈴木砂織小姐（現在改名為杉本沙織活躍於各界），一直沒辦法順利地錄好這句話。

記得當時重錄了好幾次，直到回應ＯＫ時，重錄次數已經到了二位數。我的印象已經有點模糊，不好意思，但當時的情況應該是沒來得及製作出錄音用的畫，用的是分鏡圖拍攝照片。特洛瓦與馬戲團的團長正在交談，而凱瑟琳則是遠遠地看著他們，自言自語地說出這句台詞。但因為沒辦法理解為什麼是「不可思議的孩子」，所以她表現出的不是心領神會的演技，而是為演而演的演技。

這當然不是配音者的問題。由於角色做出如此反應的動機輕微，自然就極難表演。諸如「是宇宙之心告訴我的」還有「那麼……希洛就是星星王子？」大概也是一樣。因為背景說明不足及角色定位不明確，要配音者「以該世界人物的心境說出台詞」就成了困難至極的事。這裡也並不是接在「野獸是老實的……不會攻擊敵人以外的對象」這句台詞之後的情感走向。

如果是想像不到特洛瓦形象的一般動畫節目，我想正常來說，都會在心中出現：「那孩子太胡來了。」或是：「為什麼可以那麼地冷靜啊？」之類，更為直接的驚訝或是疑問。

然而，我們的「鋼彈W」就是不做尋常事。唉唉唉……

凱瑟琳默默地看著這情景，並以跟團長及我們具有的正常反應所完全不同面向，感受到特洛瓦散發的個人特質，因而吐露了那句：「不可思議的孩子……」

撇開自己是當事者不談，若以客觀角度來分析這個場面，我覺得這寫作手法的對比還挺有趣的。在場三個人的立場完全不同，使得角色的深度及色彩也顯得鮮明突出。而凱瑟琳與特洛瓦的結識過程也令人印象深刻。這或許正帶來了有神祕感的吸引力。

不過事實上並不只是「有神祕感」，而是根本就「神祕」。

池田導演無法下達明確指示的焦慮心情，連在現場的我也感受到了。

順便告訴大家，在寫作劇本時凱瑟琳到這裡都還沒登場，是到了第六集的劇本才開始現身。也就是說，凱瑟琳的這句話，是把第六集的內容拿到第二集來使用。也因此，其動機自然顯得輕微，劇情會缺乏整合而變得「神祕」就無可避免。

村瀨修功先生早就已經完成了凱瑟琳的設定，池田導演一次就通過。她活潑但不聒噪，年輕卻包容。表現沉靜但並不默然接受命運。行動充滿生命力，心中則隱然有著因為揮之不去的過去而深藏的悲傷。總而言之，就是先有這樣的角色設定，池田導演再藉由配音者的聲音表演，摸索角色的發言動機「依據」。

即使是要我絞盡腦汁思考如何才「像」的建議，大概也只能勉強提出「那孩子怪怪的」之類的作為情感表現提示。

鈴木砂織小姐一開始也是嘗試以如此情感表演，但卻一直遭到池田導演和浦上音響導演的NG。

就算演技有其極限，一旦放棄就等於不再思索，角色發展將會就此終結。

不過導演他們並不妥協，而要求更進一步的表現。

就在某一次，浦上音響導演提出「用大姊姊的聲音」作為指示——

選擇聲優當作職業的聲音演員，其想像力有時是遠遠超乎了我們能夠想像的範圍。鈴木砂織小姐在各種解釋之下，最後決定的台詞呈現了：「我認識那個孩子……但是為什麼會認識呢？」這樣內涵的演技。

凱瑟琳身邊一下子光輝燦爛了起來。這應該可以稱之為奇蹟的飛躍吧。

「不可思議的孩子」的「不可思議」，並不是指特洛瓦像用了魔法那樣地馴服了野獸。

而是「我以前就認識能夠自然做到這種事的人，讓我想起這件事的那孩子真是『不可思議的孩子……』」。

導演他們採用這這個演技表現，並順利地播映出去，成了目前我們可藉由DVD等媒體觀賞到的凱瑟琳台詞。

原本在劇本寫作階段只是個花瓶角色（在企畫階段時甚至不存在）的凱瑟琳．

布倫，就因為這微不足道（事實上是偉大）的一句話，而搖身一變成為「鋼彈W」的重要角色。

要說藏在凱瑟琳身上的潛力（決定故事的發展性），是在第二集中第一次登場時就已經備妥了，這應該一點也不為過。

「凱瑟琳和卡特莉奴，跟卡緹莉娜和凱西都是相似的名字耶。」

角川的責任編輯指出了這個問題，我神祕地笑了一笑，回他：「不用擔心。」同樣的，他也對我提過：「出現MS的話，不就跟『Endless Waltz』的版本矛盾了嗎？」我回答：「嗯，這點我想會有辦法解決。」

從前一次收到的問卷中，看到讀者方面也有不少人注意到這件事。大家果然都很擔心這一點呢。

我目前還不能在這邊公布一切答案，還請大家見諒。但同時，我希望各位可以想像一下，就是因為有鈴木砂織小姐出人意表的表演，那句話成了我構想的起點，而促成第十三集「凱瑟琳的眼淚」並發展至今的經過。

特洛瓦·弗伯斯的成長，需要有出現在本集的美麗凱瑟琳幫忙。

卡特爾年紀相差懸殊的妹妹，其名字或許並不只是單純繼承了母親的名字卡特莉奴而已。

在某位讀者的來信中，以嚇人的大字寫著：「隅沢老師……我相信你」。這簡直就像是「Endless Waltz」的最後射擊一幕中，面對以巨型步槍瞄準的飛翼鋼彈零式，心中定然覺悟的莉莉娜那樣，在對我誠摯地訴說不要猶豫似的。

居然有人如此相信我這個差勁的酒鬼，那我自當誠心回應，認真地繼續動筆寫好這個故事。

池田導演及村瀨老師的才能，大概是我所遠遠不及。我非常了解要當個作家，自己的能力還差得遠。

不過我認為あさぎ桜老師筆下的美麗插畫，精湛地重現了村瀨老師的精神，而KATOKI HAJIME老師為本書設定的新鋼彈形象，也是以最搭配「鋼彈W」世界的形式呈現。

本作《Frozen Teardrop》的相關人員都完美且無缺。

唯一要擔心的就只有我了吧（泣）。為文拙劣，我感到相當抱歉。相信不管是第一集還是第二集，讀起來都會令人感到吃力，而大家卻都很給面子地看完了。我想這確實鼓勵了我，讓這本第三集不管是內容還是文章都變得更好……不過這樣講好像變成是老王賣瓜了，真抱歉。

雖說如此，但既然有這麼熱心挺我的各位熱心支持者，又有出色的相關人員在一旁支持，就算深知這場仗是「死定了……」我也得挺起胸膛，硬著頭皮不斷地挑戰下去才行！

各位讀者的迴響真的相當踴躍，讓我感動到痛哭流涕，興奮到沒辦法靜下來想出什麼恰當的謝辭。雖然我想要回信給所有的來信讀者，但這將會來不及寫《Frozen Teardrop》的稿子，只好藉著這裡向大家道謝。

非常感謝大家。

還請大家能夠繼續支持，並在第四集賞光，一瞥書後冗長的後記文。

隅沢克之

新機動戰記鋼彈W
冰結的淚滴

3 連鎖的鎮魂曲（上）

作者　隅沢克之
插畫　あさぎ桜（角色繪製）
KATOKI HAJIME（機械繪製）
MORUGA（機械繪製）
機械設定　KATOKI HAJIME
石垣純哉
原案　矢立肇・富野由悠季
協力　中島幸治（SUNRISE）
森江美咲（SUNRISE）
高橋哲子（SUNRISE）
宣傳協力　BANDAI HOBBY事業部
顧問　富岡秀行
日版裝訂　KATOKI HAJIME
日版內文設計　土井敦史（天華堂noNPolicy）
日版編輯　角川書店
石脇剛
財前智広
大森俊介
長嶋康枝
森本美浪

Kadokawa Light Novels

機動戰士鋼彈UC 1~10（完）

UNICORN

Kadokawa Fantastic Novels

作者：福井晴敏　插畫：安彥良和、虎哉孝征

在可能性的地平線彼端，衝擊性的發展——
嶄新的宇宙世紀神話，在此堂堂完結！

受「獨角獸鋼彈」導引的漫長旅途終於走到盡頭，巴納吉和米妮瓦總算到達「拉普拉斯之盒」所在地。他們意圖將真相傳達給大眾，然而假面之王弗爾・伏朗托再度阻擋在他們面前。如今，圍繞「盒子」的一切恩怨糾葛，即將面臨清算的時刻……

各 NT$180~200/HK$50~55

台湾角川

國家圖書館出版品預行編目(CIP)資料

新機動戰記鋼彈W冰結的淚滴. 3,
連鎖的鎮魂曲 /
隅沢克之作 ; 王中龍譯.
-- 初版. -- 臺北市 :
臺灣國際角川, 2013.08-　冊 ;　公分
譯自 : 新機動戦記ガンダムW フローズン.ティアドロップ. 3, 連鎖の鎮魂曲

ISBN 978-986-325-543-7(上冊 : 平裝)

861.57　　　　102012211

Kadokawa
Fantastic
Novels

新機動戰記鋼彈W 冰結的淚滴 3
連鎖的鎮魂曲（上）

（原著名：新機動戦記ガンダムW フローズン・ティアドロップ 3 連鎖の鎮魂曲（上））

2023年6月28日 二版第1刷發行

作者：隅沢克之
插畫：あさぎ桜、KATOKI HAJIME
原案：矢立肇・富野由悠季
譯者：王中龍

發行人：岩崎剛人
總編輯：蔡佩芬
主編：林秀儒
美術設計：黃永漢
印務：李明修（主任）、張加恩（主任）、張凱棋

發行所：台灣角川股份有限公司
地址：104台北市中山區松江路223號3樓
電話：（02）2515-3000
傳真：（02）2515-0033
網址：www.kadokawa.com.tw
劃撥帳戶：台灣角川股份有限公司
劃撥帳號：19487412
法律顧問：有澤法律事務所
製版：巨茂科技印刷有限公司
ISBN：978-986-325-543-7